Bernd Flessner

Geheime Codes und verschollene Schätze

LIVEDABEI

Bernd Flessner

Geheime Codes und verschollene Schätze

20 (un)gelöste Rätsel der Menschheit

JUGEND BROCKHAUS

BELTZ & Gelberg

Inhaltsverzeichnis

Nessie, Yeti & Co.

Von der Begegnung mit sagenhaften Ungeheuern

565 in Schottland

„Woher rührt Eure Trauer, Fischer?"

„Unser Freund hier wurde von einem Ungeheuer getötet, Bruder. Wir wollen ihn gerade beerdigen."

„Ein Ungeheuer?"

„Ja, es kam aus dem See, während wir die Netze einholten. Ein grauenhaftes Wesen."

„Dann will ich Euch beistehen."

„Da! Seht nur! Es taucht erneut aus den Fluten auf!"

„Welch teuflisches Untier! Im Namen Gottes, weiche zurück! Lasse ab von diesen Menschen! Kehre zurück in den See!"

„Das Ungeheuer flieht! Es kehrt tatsächlich zurück in den See! Wir sind gerettet! Wie habt Ihr das nur gemacht!"

„Das war die Macht meines Gottes. Ich bin gekommen, Euch von ihm und seinem Sohn zu erzählen."

Der Mönch Columban von Iona rettet Fischer vor dem Ungeheuer von Loch Ness.

Schottland ist ein raues und unwirtliches Land mit tückischen Mooren und schwer zugänglichen Tälern. Das hält den irischen Mönch Columban von Iona (521–597) nicht davon ab, die wenigen hier lebenden Menschen zum Christentum zu bekehren. Dabei stößt er eines Tages am Ufer des Loch Ness auf einige Fischer, die ihm von einem riesigen Ungeheuer berichten. Columban will ihnen zuerst nicht glauben, doch in diesem Augenblick taucht das Untier vor ihm aus den Fluten auf. Columban nimmt seinen ganzen Mut zusammen, spricht ein Gebet und stellt sich ihm entgegen. Daraufhin nehmen die dankbaren Fischer den christlichen Glauben an.

Wissen *spezial*

Was ist der Loch Ness?
Der See im Norden Schottlands ist 37 Kilometer lang und rund 1,5 Kilometer breit. Seine Tiefe wird auf rund 250 Meter geschätzt. Er ist der wasserreichste See Schottlands.

Heiligenlegende oder großer Fisch?

Einhundert Jahre später verfasst der Mönch Adamnan (623–704) die Lebensbeschreibung des Columban. In ihr berichtet er von dessen abenteuerlicher Begegnung am **Loch Ness**. Zum ersten Mal in der Geschichte wird das berühmte Ungeheuer von Loch Ness erwähnt. Doch was sich damals am Ufer genau ereignet hat, bleibt im Dunkeln. Denn auch Adamnan kennt den Vorfall nur aus Erzählungen. Auch wie das Untier ausgesehen hat, beschreibt er nicht. Es könnte sich daher genauso gut um einen großen Fisch gehandelt haben, etwa einen Stör, der im Süßwasser lebt und über fünf Meter lang werden kann. Viele mittelalterliche Legenden wissen außerdem von Hei-

Ein Mönch berichtete als Erster von Nessie.

War Nessie einfach nur ein großer Fisch?

Auch in Heiligenlegenden begegnen Menschen furchterregenden Ungeheuern.

ligen zu berichten, die gegen Drachen und andere Ungeheuer gekämpft haben sollen, wie der Heilige Georg. Der Drache ist in diesen Erzählungen jedoch kein wirkliches Tier, sondern vielmehr ein Sinnbild für den Teufel und das Böse. Auch die Geschichte um Columban könnte daher eine solche Legende sein. Sie soll zeigen, dass ein mutiger Christ immer das Böse besiegen kann.

War Nessie etwa ein Saurier?

Seit diesem ersten Bericht von einem Ungeheuer im Loch Ness behaupten immer wieder Menschen, dem rätselhaften Monster begegnet zu sein. Mal soll es wie eine große Schlange ausgesehen haben, dann wieder wie ein Drache. 1933 berichtet zum ersten Mal eine schottische Zeitung über das Ungeheuer. Mehrere Zeugen wollen es gesichtet haben, einer versucht es sogar zu fotografieren. Auf diesem Bild ist undeutlich ein großes Tier zu sehen, das durch die Wellen des Sees schwimmt. Der schottische Paläontologe Neil Clark ist sich sicher, eine einfache Erklärung für dieses Rätsel gefunden zu haben: Das unscharf fotografierte Monster ist

Wenn Elefanten schwimmen, ragen oft nur Rücken, Kopf und Rüssel aus dem Wasser.

der im See schwimmende Elefant eines Zirkus, der am Ufer des Loch Ness gastiert. Sein Rüssel ragt wie der Hals einer Seeschlange aus dem Wasser.

Diese Erklärung wollen einige Fans von Nessie, wie das Ungeheuer liebevoll genannt wird, nicht akzeptieren. Sie behaupten, dass ein **Plesiosaurus** im Loch Ness sein Unwesen treibt. Wie aber, fragen Zoologen, hätte ein solches Tier in den See gelangen sollen? Denn der Loch Ness ist erst vor rund 10.000 Jahren nach der letzten Eiszeit entstanden, während die Plesiosaurier bereits vor ungefähr 65 Millionen Jahren ausgestorben sind. Außerdem müsste ein Plesiosaurier regelmäßig zum Atmen auftauchen und wäre dabei gut zu beobachten. Auch könnte kein einzelnes Tier so lange leben. Im Loch Ness müsste sich eine ganze Herde von Tieren aufhalten, um den Fortbestand zu sichern. So ist es kein Wunder, dass bis heute keine Tauchexpedition und kein Forscher einen stichhaltigen Beweis für die Existenz von Nessie liefern konnten.

Wissen spezial

Wie sah Plesiosaurus aus?

Plesiosaurus war ein rund 14 Meter langes Meeresreptil mit einem extrem langen Hals und einem kleinen Kopf. Es bewegte sich mit vier Flossen fort. Seine Nahrung bestand aus Fischen und Wasservögeln.

Von den Plesiosauriern sind nur Fossilien erhalten geblieben.

Der Mount Everest: Heimat des geheimnisvollen Schneemenschen?

Das Ungeheuer von Loch Ness ist eine Legende – jedoch nicht die einzige, für die sich **Kryptozoologen** interessieren.

Geheimnisvolle Fußspuren im Schnee

Fußabdrücke, die angeblich vom Yeti stammen

Der irische Biologe Charles Kenneth Howard-Bury (1881–1963) leitet 1921 eine Expedition in den Himalaja. Als er mit seinen Trägern einen Pass in mehr als 6000 Metern Höhe überquert, stößt er plötzlich auf eine Spur, die aussieht, als hätte sie ein großer barfüßiger Mensch hinterlassen. Seine einheimischen Träger erklären ihm mit angstvollen Gesichtern, die Fußabdrücke können nur von „metoh-kangmi" stammen, dem Schneemenschen. Der irische Forscher hatte schon von diesem geheimnisvollen Wesen gehört, das auch Yeti genannt wird, doch hielt er es bislang für eine reine Sagengestalt der Nepalesen. Die Fußspuren aber sind echt und flößen auch ihm Angst ein. Denn das Wesen, das sie hinterlassen hat, muss mindestens 2,50 Meter groß sein. Als Howard-Bury nach seiner Rückkehr in Zeitungen und Büchern von seinem Erlebnis berichtet, wird der Schneemensch weltweit bekannt.

Hat ein Braunbär die rätselhaften Spuren hinterlassen?

In den folgenden Jahren melden sich immer wieder Bergsteiger, die einen Yeti gesehen haben wollen. Nachdem auch Sir Edmund Hillary (1919–2008) während der Erstbesteigung des Mount Everest im Mai 1953 rätselhafte Fußspuren vermeldet, startet 1954 eine englische „Schneemann-Expedition“, um zu klären, ob im Himalaja ein noch unbekannter Primat lebt. Die Forscher finden auch tatsächlich geheimnisvolle Fußspuren im Schnee. Sogar ein Stück Fell, das angeblich von einem Yeti stammt, zeigt ihnen ein Einheimischer. Doch den Yeti selbst finden sie nicht. Das Fell stellt sich später als Ziegenfell heraus. Der Schneemensch bleibt ein Rätsel.

Der Südtiroler Bergsteiger Reinhold Messner (* 1944), der den Himalaja sehr gut kennt, bietet schließlich 1998 eine Erklärung an, die viele Zoologen heute teilen: Die Fußspuren stammen vom Tibetischen Braunbär, der sich auch in großen Höhen aufhält und aufrecht gehen kann. Daher kann er

Wissen *spezial*

Was machen Kryptozoologen?

Das Teilgebiet der Zoologie befasst sich mit noch unentdeckten und im Verborgenen lebenden Tieren. Begründet wurde diese Wissenschaft von dem belgischen Zoologen Bernard Heuvelmans (1916–2001) Anfang der 1950er-Jahre.

leicht für einen großen, haarigen Menschenaffen gehalten werden. Auch der in den USA angeblich verborgen lebende **Bigfoot** ist nach Ansicht von Wissenschaftlern kein unbekannter Menschenaffe, sondern ebenfalls ein Bär, der in der Lage ist, ab und zu aufrecht zu gehen.

Riesentintenfische sind kein Seemannsgarn.

Ungeheuer der Tiefsee

Doch nicht immer stellen sich Tiere, von denen Sagen und Mythen berichten, als Fabelwesen heraus. Seeleute erzählen seit Jahrhunderten von Riesenkraken, die in der Tiefsee ihr Unwesen treiben sollen. Erst als Meeresbiologen im 20. Jahrhundert große Tintenfische, die an Meeresküsten angeschwemmt wurden, untersuchen, ist die Sensation perfekt. Es stellt sich heraus, dass die Geschichten über die

Thema | **Bekanntschaft mit Bigfoot**

Bigfoot (englisch „großer Fuß") wird als 2,50 Meter großer Menschenaffe beschrieben, der in den Rocky Mountains in den USA leben soll. 1967 tauchte ein kurzer Film mit dem flüchtenden Bigfoot auf. Viele Menschen glaubten daraufhin an die Existenz dieses sagenhaften Wesens. Jahre später gab der Kameramann zu, die Aufnahmen gefälscht zu haben. Ein Freund hatte ein Gorillakostüm getragen und den Bigfoot gespielt. Andere Fotos und Filme konnten als Aufnahmen von aufrecht gehenden Bären entlarvt werden.

In tropischen Regenwäldern werden noch heute unbekannte Tiere entdeckt.

Ungeheuer der Tiefe kein Seemannsgarn sind. **Riesenkalmare** werden tatsächlich bis zu 13 Meter lang. Noch größer wird der Kolosskalmar, von dem 2007 erstmals ein Exemplar vor der Küste der Antarktis gefangen wird. Das noch nicht ausgewachsene Tier misst zehn Meter. Forscher vermuten, dass erwachsene Kolosskalmare bis zu 14 Meter lang werden können. Wie diese Tiefseeriesen leben, ist noch nicht erforscht.

Dass immer wieder unbekannte Tiere entdeckt werden, beweist eine Expedition in den Regenwald auf Papua-Neuguinea im Jahr 2007. Dabei stoßen die Wissenschaftler auf eine bislang unbekannte Rattenart, die fünfmal so groß ist wie eine gewöhnliche Ratte. Auch ein bislang noch nie gesehenes Beuteltier entdecken sie. Die Suche nach unbekannten Tieren ist offenbar noch lange nicht zu Ende. Entlegene Gebiete und die Tiefsee bergen noch viele Geheimnisse.

Wissen spezial

Riesige Kalmare

Riesenkalmare zählen wie die Kolosskalmare zu den zehnarmigen Tintenfischen. Sie leben in 300 bis 1000 Metern Tiefe, wo sie Fische und andere Tintenfische jagen. Sie selbst werden von Pottwalen erbeutet.

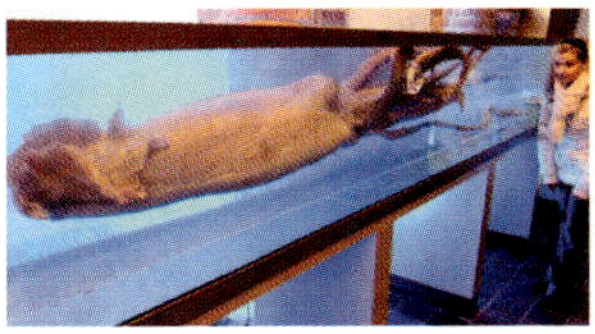

Was Nostradamus über die Zukunft weiß

Wie hellsichtig sind Hellseher eigentlich?

1554 in Frankreich

„Die Zukunft, sagt man, sei dunkel. Doch vielleicht kann ich sie erhellen mit meinen Versen. Ich muss sie so schreiben, dass man ihnen Glauben schenkt. Sie müssen wahr und zugleich geheimnisvoll klingen. Viele Andeutungen sind vonnöten und viele Umschreibungen. Die Menschen sollen ihren Geist daran ausprobieren. Ich darf es ihnen nicht zu leicht machen, sonst erscheint die Zukunft klar und auf den Tag genau festgelegt. Worauf es also ankommt, ist ein Angebot, das ich den Menschen machen werde. So werde ich nun mit dem ersten Vers beginnen: ‚Während ich dasitze, nachts, bei geheimen Studien, beruhend auf den unerschütterlichen Gedanken. Winzige Flamme dringt aus der Einsamkeit, bringt hervor, woran man nicht vergeblich glauben soll.'"

Nostradamus verfasst Strophen für sein Buch „Die Prophezeiungen des Nostradamus".

Michel de Notredame wird am 14. Dezember 1503 in einem kleinen Städtchen in Südfrankreich geboren. Sein Vater ist ein bekannter Getreidehändler. Er hat jedoch kaum Zeit für seinen wissbegierigen Sohn. Auch eine Schule kann Michel nicht besuchen, und so wird er von Verwandten unterrichtet. Er lernt Griechisch, Latein, Mathematik und Astrologie. Die Zeiten sind unsicher. Die Türken haben Südeuropa erobert und drängen weiter nach Norden. In Deutschland kämpft Martin Luther für die Reformation, und in Frankreich fordert die Pest immer mehr Opfer. Dennoch versucht Michel, Sprachen in Avignon zu studieren, muss aber abbrechen, da in der Stadt die Pest ausbricht. Stattdessen wird er Apotheker und beginnt schließlich 1529, Medizin zu studieren.

Nostradamus sagt die Zukunft vorher.

Die Zukunft in geheimnisvollen Versen

Auch diesmal kann er das Studium nicht abschließen. Trotzdem will er den vielen schwerkranken Menschen helfen: Als Pestarzt reist er durch die Lande. Aber die Krankheit ist ein

Avignon in Südfrankreich: Hier studierte Nostradamus Sprachen und Medizin.

unerbittlicher Gegner. Nicht einmal seine junge Familie kann er retten. Die Menschen misstrauen ihm daher, und er begibt sich auf Wanderschaft. Er kehrt in seine Heimat zurück und heiratet 1547 ein zweites Mal. Da seine Frau vermögend ist, hat Michel de Notredame, der sich nun Nostradamus nennt, endlich genug Zeit, sich um seine Leidenschaft zu kümmern, die **Prophetie**. Mit ihrer Hilfe will er den verunsicherten Menschen helfen. Er möchte ihnen zeigen, dass das Leben weiter geht, und beginnt, vierzeilige Verse zu schreiben, die die Zukunft beschreiben sollen. Diese Verse formuliert er ganz bewusst unbestimmt, sodass sie gedeutet werden müssen und noch dazu verschiedene Deutungen möglich sind.

Als er die Verse 1555 in dem Buch „Die Prophezeiungen des Nostradamus“ veröffentlicht, wird er berühmt. Sogar der König bittet ihn einmal um Rat. Das Geheimnis seines Erfolges liegt in der Vieldeutigkeit seiner Verse. Jeder kann in ihnen finden, was er für richtig hält. Schon bald glauben viele Menschen, Nostradamus sei ein weiser Prophet, der die Zukunft bis mindestens ins Jahr 2242 kennt. Denn bis

Wissen spezial

Was versteht man unter Prophetie?
Unter Prophetie versteht man die Voraussage der Zukunft oder die Übermittlung göttlicher Botschaften. Propheten vieler Religionen gaben an, von Gott auserwählt zu sein, um dessen Botschaften, die sie im Traum oder während einer Meditation erhalten haben, zu verkünden.

Weltsicht im 16. Jahrhundert: das Leben als Tanz mit dem Tod

Auch Könige fragen Nostradamus um Rat.

dahin reichen seine **Weissagungen**. Auch heute noch glauben Menschen, Nostradamus hätte die Fähigkeit besessen, die Zukunft vorherzusehen. Sie glauben, die Verse deuten zu können. Dies geschieht aber fast immer im Nachhinein. So haben manche Deuter behauptet, Nostradamus hätte die beiden Weltkriege vorhergesagt. Wenn es bei Nostradamus heißt „Nahkampf der Vögel“, werden daraus Flugzeuge, „erhobene Geschenke“ werden zu Bomben. Auf diese Weise ausgelegt, stimmen die Pro-

Thema | **Weissagung des Nostradamus für 1999**

Für das Zeitalter, in dem wir leben, macht Nostradamus folgende Voraussage: „Jahr 1999, siebenter Monat. Vom Himmel kommt ein großer Schreckenskönig. Wiedererweckt, der große König von Angoulmois.“ Was diese Prophezeiung zu bedeuten hat, ist bei den Nostradamus-Gläubigen heftig umstritten. Nicht einmal die Bedeutung des Namens Angoulmois ist geklärt. Einigermaßen sicher scheint nur, dass der angekündigte König über Europa regieren soll. Wo aber ist dieser Herrscher geblieben?

Apollontempel: Sitz des Orakels von Delphi

phezeiungen natürlich immer. Darüber hinaus werden die Verse von Nostradamus auch falsch übersetzt oder gefälscht, damit sie glaubwürdiger klingen. Vor allem im Internet sind regelmäßig sogenannte **Hoaxe** im Umlauf.

Wissen spezial

Hoaxe – Fälschungen im Netz

Im Englischen bedeutet Hoax „übler Scherz" oder „Schwindel". Hoaxe sind Falschmeldungen, die vor allem im Internet verbreitet werden, zum Beispiel E-Mail-Nachrichten, die vor einem vermeintlichen Virus warnen.

Heiliges Orakel von Delphi

Die Vieldeutigkeit von Prophezeiungen ist keine Erfindung von Nostradamus, sondern typisch für Weissagungen. Besonders berühmt für seine Mehrdeutigkeit wird ab dem 5. Jahrhundert v. Chr. das Orakel von Delphi. In diesem griechischen Heiligtum, das dem Gott Apollon geweiht ist, können Ratsuchende etwas über ihre Zukunft erfahren. Vor dem eigentlichen Tempel nehmen zwei Priester den Besucher in Empfang und führen ihn ins Innere. Dort gelangt er zu der Priesterin Pythia, die auf einem dreibeinigen Hocker über einer Erdspalte sitzt, aus der berauschende Dämpfe aufsteigen, die sie in einen Zustand der **Trance** versetzen. Der Besucher kann Pythia Fragen stellen, auf die sie rätselhafte Antworten gibt.

Die Priesterin Pythia weissagt einem Ratsuchenden.

Eines Tages erscheint der lydische König Krösus (595–546 v. Chr.) bei dem Orakel von Delphi und bittet um einen Blick in die Zukunft. Daraufhin antwortet Pythia: „Wenn du den Fluss Halys überschreitest, wirst du ein großes Königreich zerstören." Diese Antwort gefällt dem König, denn der Halys bildet die Grenze zum Nachbarreich Persien, das er schon immer erobern wollte. Sofort greift er die Perser an, die ihn jedoch vernichtend schlagen und sein Reich erobern. Die Prophezeiung der Pythia ist also in Erfüllung gegangen. Krösus hat tatsächlich ein großes Reich zerstört, allerdings war es sein eigenes. Diese von dem griechischen Philosophen Aristoteles überlieferte Weissagung zeigt, wie die Orakel zu verstehen sind. Mit Vorliebe werden sie so formuliert, dass Pythia am Ende immer irgendwie Recht behält.

Auch heute gibt es Menschen, die als Wahrsager auftreten und behaupten, die Zukunft vorhersagen zu können. Sie arbeiten mit der gleichen Methode wie Nostradamus oder die Priesterin Pythia. Sie formulieren ihre Prophezeiungen ebenfalls so, dass man diese erst deuten muss. Dadurch überlassen sie es den Ratsuchenden, mit den Weissagungen umzugehen,

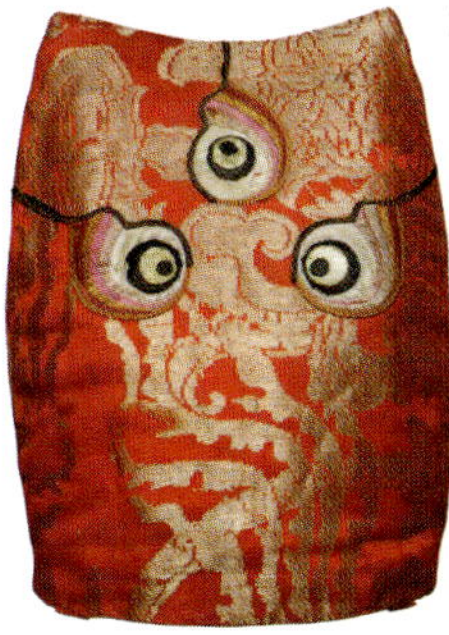

Hut eines buddhistischen Wahrsagepriesters

Wissen *spezial*

Was erlebt man in Trance?

Trance ist ein Bewusstseinszustand, bei dem sich der Mensch in einer Art Rausch befindet. Er nimmt seine Umgebung kaum wahr, sondern konzentriert sich auf seine Gedanken und Gefühle. Hervorgerufen wird Trance durch Trommelrhythmen, rhythmische Tänze oder auch Drogen.

Einige Wahrsager glauben, dass Tarotkarten einen Blick in die Zukunft erlauben.

und können sich später darauf berufen, eine nicht eingetroffene Vorhersage ganz anders gemeint zu haben.

Wissen *spezial*

Was können Computermodelle?

Computermodelle sind am Computer erstellte Bilder, Grafiken und Rechnungen, die bestimmte Eigenschaften der Wirklichkeit wiedergeben. Mit ihnen können Wissenschaftler berechnen, wie sich die Wirklichkeit verändern wird, etwa wie das Klima in Zukunft aussehen könnte.

Sind Zukunftsprognosen möglich?

Heutige Wissenschaftler halten solcherlei Prophezeiungen schon deshalb für unmöglich, weil sie nur dann gelängen, wenn die gesamte Geschichte von Anfang an feststünde. Jedes Ereignis, jede Katastrophe und jede Entscheidung müsste irgendwo als fertiges Programm existieren, das nur noch ausgeführt wird. Die Menschen besäßen keine Freiheit mehr über ihre Entscheidungen. Noch dazu müsste ein Prophet Zugang zu diesem Programm erlangen, um seine Vorhersagen machen zu können. Physiker und Philosophen sind dagegen davon überzeugt, dass die Zukunft nicht vorgegeben ist, sondern weitgehend offen. Daher sind Prophezeiungen unmöglich.

Sehr wohl möglich sind jedoch wissenschaftlich begründete Prognosen. Sie stützen sich auf genaue

Untersuchungen, gesammelte Daten und **Computermodelle**, mit deren Hilfe Wissenschaftler Aussagen über die Zukunft machen können. Diese Aussagen treffen mit großer Wahrscheinlichkeit ein, absolut sicher sind auch sie jedoch nicht. Heutige Zukunftsforscher behaupten daher auch gar nicht, sie könnten die Zukunft vorhersagen, sondern nur, sie können die Möglichkeiten der Zukunft beschreiben. Sie versuchen etwa zu berechnen, wie sich das Klima entwickeln wird oder wie groß die Ölvorräte der Erde noch sind. Anschließend fragen sie sich, wie die Menschen mit diesen neuen Bedingungen umgehen werden, wie wir etwa in einer Welt ohne Erdöl leben können. Den Untergang eines Schiffes, den Ausbruch eines Krieges oder den Zeitpunkt eines Terroranschlags jedoch können die Forscher nicht vorhersagen.

Wissenschaftler untersuchen die Folgen des Klimawandels, etwa für die Eisbären im Nordpolargebiet.

Im Zeichen **des Tierkreises**

Bestimmen die Sterne unser Schicksal?

1625 in Süddeutschland

„Bis auf die Stunde genau möchte ich erfahren, wann mich der Tod ereilt!"

„Ich muss Euch den Wahn nehmen, dass es möglich sei, in die Zukunft zu sehen. Die Sterne zwingen nicht, sie machen nur geneigt."

„Wie ist dies zu verstehen?"

„Die Sterne geben ein Schicksal vor, doch kann der Mensch sich diesem widersetzen."

„Dann werd ich's nicht erfahren?"

„Ich sagte es bereits, es ist nicht möglich. Doch wie Ihr Euer Leben gestalten und die Sterne nutzen könnt, das will ich Euch verraten."

„Nun gut, ich will Euch folgen. Erstellt mir nun mein Horoskop, auch wenn manch Ungewissheit bleibt."

„Ihr seid Waage, wie Ihr wisst. Nennt mir die Stunde der Geburt, und ich werde sogleich berechnen, was vonnöten ist."

Johannes Kepler erstellt dem Feldherrn Albrecht von Wallenstein das Horoskop.

Johannes Kepler kommt am 27. Dezember 1571 in Weil der Stadt in der Nähe von Stuttgart zur Welt. Schon als Kind beobachtet er mit seiner Mutter den Nachthimmel. Neben dem Mars, der regelmäßig zu sehen ist, kann er auch einen vorbeiziehenden Kometen und eine Mondfinsternis verfolgen. Nach der Schule studiert er Theologie, Mathematik und Astronomie. Dank seiner großen mathematischen Begabung wird er 1601 zum Kaiserlichen Hofmathematiker ernannt. In diesem hohen Amt hat er auch die Aufgabe, Horoskope zu erstellen und die **Rudolfinischen Tafeln** zu vervollständigen. Daran arbeitet Johannes Kepler bis 1627.

Wissen *spezial*

Rudolfinische Tafeln

Kaiser Rudolf II. (1552–1612) gab den Astronomen Tycho Brahe und Johannes Kepler den Auftrag, genaue Tabellen für die Planetenbewegungen zu erstellen. Sie waren so genau, dass noch lange Zeit alle Astronomen, darunter Isaac Newton, ihre Berechnungen darauf stützten.

Mondfinsternis

Nur mächtige Herrscher können sich einen Astronomen wie Kepler leisten. Dass er gleichzeitig Astrologe ist, ist nichts Ungewöhnliches, denn zu Keplers Zeit hat sich die Wissenschaft der Astronomie noch nicht von der Wahrsagekunst der Astrologie gelöst. Kepler schreibt 1601 sogar das Buch „Über zuverlässigere Grundlagen der Astrologie“, in dem er sich für die Nutzung aktueller astronomischer Entdeckungen für die Astrologie ausspricht. Außer dem Kaiser lässt sich auch dessen oberster General, Albrecht von Wallenstein (1583–1634), das Horoskop von Kepler erstellen. Wallenstein glaubt fest daran, dass die Sterne das Schicksal

In Weil der Stadt erinnert ein Denkmal an den Astronomen Johannes Kepler.

Diskutierten astronomische Fragen: Johannes Kepler und Tycho Brahe.

eines Menschen von der Geburt bis zum Tod genau vorherbestimmen. Er will daher von Kepler möglichst viele Einzelheiten erfahren. Kepler ist jedoch der Ansicht, dass die Gestirne nur Möglichkeiten vorgeben, nicht jedoch den genauen Lebensweg eines Menschen. Er warnt Wallenstein sogar vor Astrologen, die behaupten, genaue Vorhersagen abgeben zu können.

Wie ist die Astrologie entstanden?

Sumerische Priester erfanden die Astrologie.

Uria ist ein sumerischer Priester, der vor 4000 Jahren in der Stadt Ur im heutigen Irak lebt. Wenn er den Himmel betrachtet, sieht er nicht Planeten und Sterne wie wir heute, sondern Götter, die das Schicksal der Welt und der Menschen bestimmen. Der Mond ist für ihn Nanna, der Mondgott; die Sonne ist der Sonnengott Uta und die Venus die Göttin Inanna. Tritt eine Mondfinsternis auf, so hat Uria nur eine Erklärung: Andere Götter kämpfen mit Nanna um die Macht, doch Nanna siegt am Ende. Dass die Erde ein Planet ist und der Mond in berechenbaren Abständen in den Schatten der Erde gerät und daher

Die Sumerer verehrten in den Gestirnen ihre Götter.

das Licht der Sonne nicht mehr reflektieren kann, weiß Uria nicht. Auch die Sterne sind für ihn keine unvorstellbar weit entfernten Sonnen, sondern gottähnliche Tiere, die über den Himmel wandern. Um ihnen und den Göttern nahe zu sein, steigt der Priester die **Zikkurat** hinauf und bittet um Hilfe bei der bevorstehenden Ernte. Das Jahr kennt Uria genau, denn er weiß, dass der Mond zwölfmal im Jahr zu- und wieder abnimmt. Zwölfmal erscheinen so durch die Bewegung der Erde unterschiedliche auffällige Sternengruppen, die für Uria Tiere darstellen – die Tierkreiszeichen. Dank dieser Unterteilung des Jahres können die Priester viele Abläufe genau planen. Sie sind in der Lage, immer wiederkehrende Ereignisse vorherzusagen, etwa hohe Wasserstände bei Flüssen oder trockene Winde. Für alles sind natürlich Götter verantwortlich.

Wissen spezial

Was ist eine Zikkurat?

Eine Zikkurat ist eine sumerische Tempelanlage, die, ähnlich einer Pyramide, aus mehreren Stufen besteht, jedoch keine Spitze besitzt. Stattdessen krönte ein Tempel die oberste Plattform. Die Zikkurat des Mondgottes Nanna ist in Ur noch erhalten.

Was bringt die Zukunft?

Andere Kulturen übernehmen diese Vorstellungen. So stellen die Ägypter eine Verbindung her zwischen dem Nilhochwasser im Juni,

Mithilfe der Sterne sagten die Ägypter das Hochwasser des Nils vorher.

Wissen spezial

Der helle Sirius

Der hellste Stern am Himmel ist 6,8 Lichtjahre von der Erde entfernt. Er ist ein Dreifachstern und besteht aus zwei sichtbaren Sternen, die einander in geringem Abstand umkreisen. Der dritte Stern ist für uns unsichtbar. Sirius wird auch Hundsstern genannt, da er zum Sternbild „Großer Hund“ gehört.

das fruchtbaren Schlamm an die Ufer spült, und dem Erscheinen des **Sirius**. Dass die Ursache für das Nilhochwasser der Monsunregen ist, der weit entfernt in Äthiopien fällt, ist den Ägyptern unbekannt. Für sie sind es ihre Götter, die vom Himmel aus alles Geschehen auf Erden steuern. Die Beobachtung des Himmels, die Anbetung der Götter und die Planung der kommenden Wochen und Monate sind für die Priester ein und dasselbe. Griechen und Römer übernehmen die ägyptischen Vorstellungen. Die Römer geben den Planeten die Namen ihrer **Götter** und entwickeln aus der Astrologie eine Wahrsagekunst, die sie nicht mehr nur auf das Land, sondern auf jeden einzelnen Menschen anwenden. Der Stand der Sterne und Planeten zum Zeitpunkt der Geburt soll über den Lebensweg ent-

Thema | **Die Götter der Römer**

Die Römer sahen in ihren Göttern lange Zeit vor allem ihr Wirken und ihren Willen. Beides bezeichneten sie als „numen“, was „göttlicher Wille“ bedeutet. Symbole für diesen Willen waren die Planeten. Die damals bekannten (weil mit bloßem Auge sichtbaren) Planeten waren Merkur, Venus, Mars, Jupiter und Saturn. Ihre Namen stammen von wichtigen römischen Göttern. Der rötlich schimmernde Mars stand für den Krieg. Die Venus, die als Morgen- und Abendstern sichtbar ist, wurde als Numen der Liebe angesehen.

Jahrhundertelang diente die Beobachtung der Sterne dazu, das Schicksal vorherzusagen.

scheiden. Viele römische Kaiser, unter ihnen Augustus (63 v. Chr. – 14 n. Chr.) und Tiberius (42 v. Chr. – 37 n. Chr.), lassen sich von Astrologen beraten, um den Willen der Götter zu erfahren.

Raffinierter Aberglaube

Bestimmen die Sterne unseren Lebensweg?

Als sich das Christentum im Mittelalter über ganz Europa verbreitet, verschwindet zwar der Glaube an die römischen Götter, doch nicht der Glaube an die Macht der nach diesen Göttern benannten Planeten und die zwölf Tierkreiszeichen. Als im 17. Jahrhundert Galileo Galilei und andere Forscher endgültig erkennen, dass die Planeten und Sterne weit entfernte Himmelskörper sind, glauben immer noch viele Menschen an deren gottgleiche Kräfte. Daran hat sich bis heute nur wenig geändert. Heutige Astrologen behaupten jedoch nicht mehr, die Gestirne seien Götter. Sie meinen nun, dass von den Sternen

Wissen *spezial*

Welche Kräfte haben die Sterne?

Die geheimnisvollen Kräfte der Sterne deuten Astrologen unterschiedlich. Sie haben daher auch verschiedene Namen. Manchmal heißen sie „kosmische Rhythmen", manchmal „kosmisches Analogieprinzip" oder „Schicksalsstrahlung".

geheimnisvolle **Kräfte** ausgehen, die das Leben eines Menschen von der Stunde der Geburt an prägen. Wissenschaftlich ist dies jedoch nicht erwiesen. Physiker wissen: Derartige Strahlen oder Kräfte gibt es nicht. Die Astrologie ist ein Überbleibsel der Glaubensvorstellungen der Sumerer, Ägypter und Römer. Mit unserem modernen naturwissenschaftlichen Weltbild haben sie nichts zu tun.

Die Zusammenfassung von Sternen zu Sternbildern erfolgte aus religiösen Gründen und war zudem rein zufällig. Denn die Priester konnten nur die etwa 6000 sichtbaren Sterne und Planeten berücksichtigen. Dabei besteht allein unsere Galaxie aus mindestens 100 Milliarden Sternen. Die einzelnen Sterne der Sternbilder sind darüber hinaus oft nicht nur viele Lichtjahre voneinander, sondern auch ebenso weit von uns entfernt. Wie sollten diese Sterne unser Leben prägen? Wissenschaftler wissen längst, dass unser Leben von verschiedenen Faktoren unserer Umwelt sowie von unserem Erbgut beeinflusst wird. Umfassend vorherbestimmt ist es nicht. Doch die naturwissenschaft-

Die meisten sichtbaren Sterne sind Tausende von Lichtjahren entfernt.

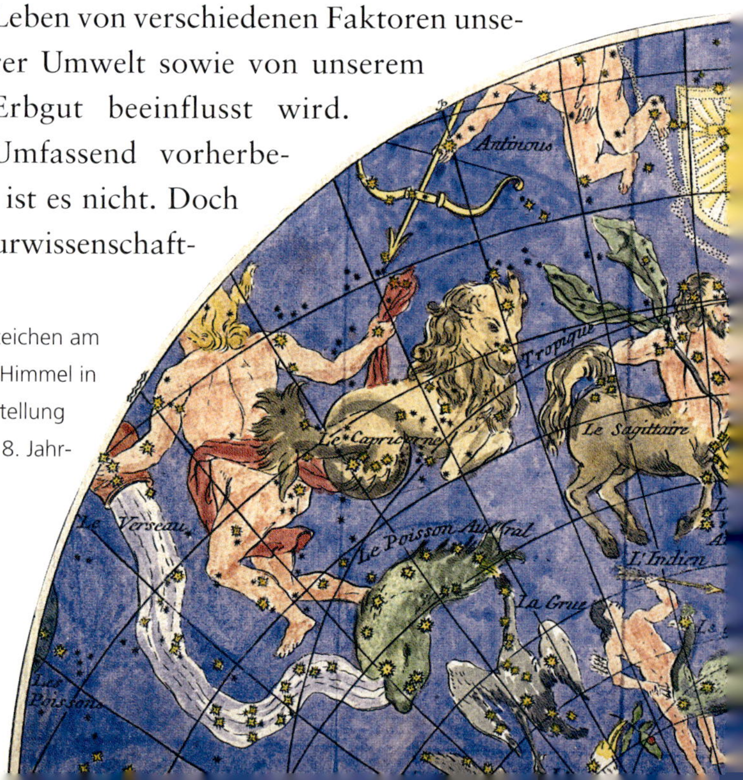

Die Sternzeichen am südlichen Himmel in einer Darstellung aus dem 18. Jahrhundert

Im Mittelalter war noch unbekannt, dass die Sterne ferne Sonnen sind.

lich ermittelten Fakten sind häufig nicht leicht nachzuvollziehen. Anders die einfachen Erklärungen der Astrologen, die zudem so raffiniert formuliert sind, dass fast jeder Mensch sie für zutreffend hält. Darüber hinaus sind viele Astrologen psychologisch erfahren und verlassen sich bei ihren Aussagen weniger auf die Sterne, sondern vielmehr auf ihre Menschenkenntnis. So wirken sie überzeugend, und viele Menschen glauben noch immer daran, dass Sterne und Planeten ihr Leben bestimmen. Der eigentliche Ursprung der Astrologie ist den meisten aber unbekannt.

Moderne Astrologen erstellen ihre Horoskope mit dem Computer.

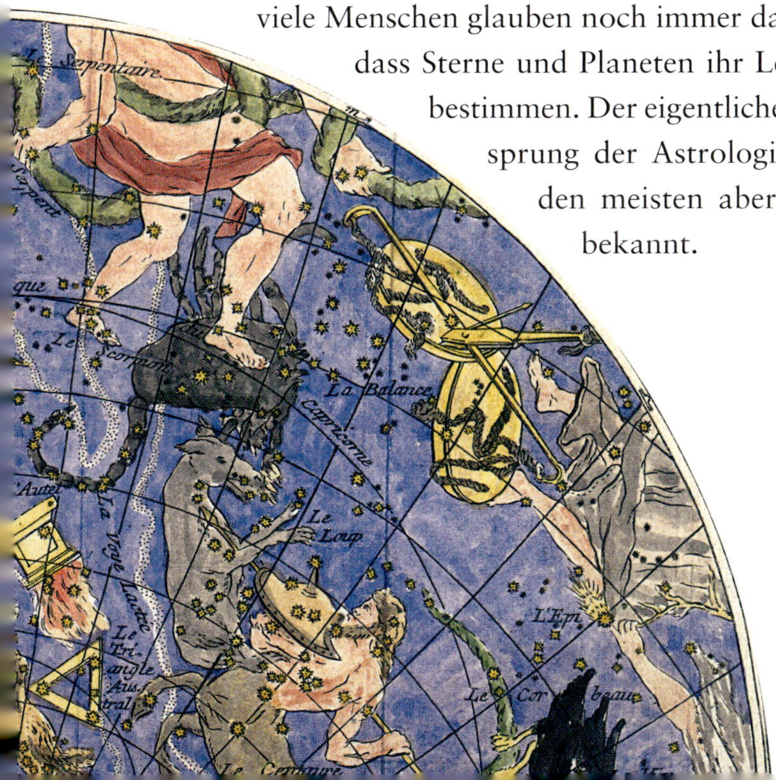

Gold aus dem Labor?

Die geheimen Künste der Alchemisten

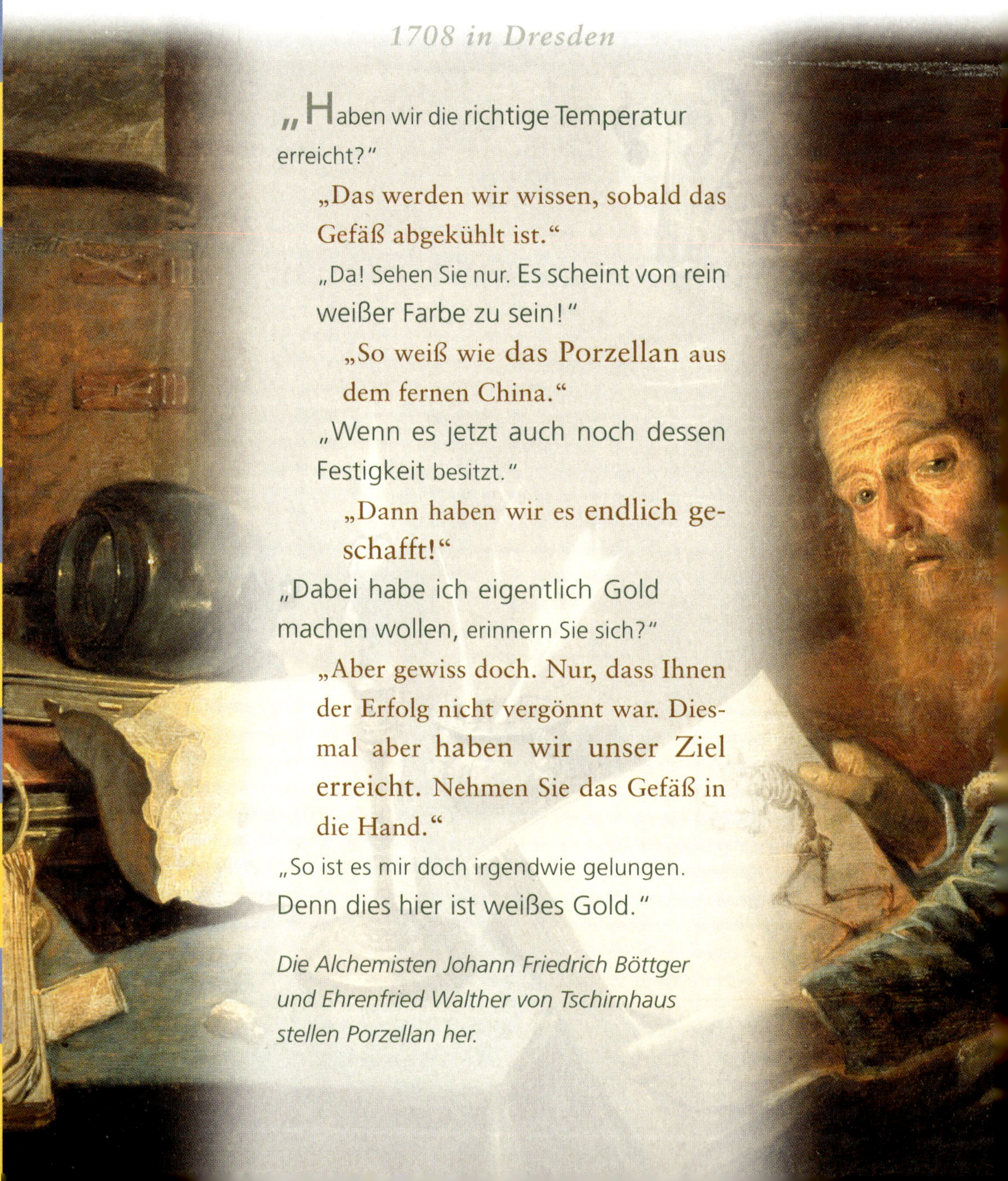

1708 in Dresden

„Haben wir die richtige Temperatur erreicht?"

„Das werden wir wissen, sobald das Gefäß abgekühlt ist."

„Da! Sehen Sie nur. Es scheint von rein weißer Farbe zu sein!"

„So weiß wie das Porzellan aus dem fernen China."

„Wenn es jetzt auch noch dessen Festigkeit besitzt."

„Dann haben wir es endlich geschafft!"

„Dabei habe ich eigentlich Gold machen wollen, erinnern Sie sich?"

„Aber gewiss doch. Nur, dass Ihnen der Erfolg nicht vergönnt war. Diesmal aber haben wir unser Ziel erreicht. Nehmen Sie das Gefäß in die Hand."

„So ist es mir doch irgendwie gelungen. Denn dies hier ist weißes Gold."

Die Alchemisten Johann Friedrich Böttger und Ehrenfried Walther von Tschirnhaus stellen Porzellan her.

Johann Friedrich Böttger wird am 5. Februar 1682 in der thüringischen Kleinstadt Schleiz geboren. Er wächst jedoch in Magdeburg auf, wo seine Mutter nach dem Tod des Vaters erneut heiratet. Der Stiefvater kümmert sich liebevoll um Johann und unterrichtet ihn in Geometrie und Feuerwerkerei. Mit viel Glück kann er 1696 für den Vierzehnjährigen sogar eine Lehrstelle bei dem Apotheker Friederich Zorn in Berlin finden. Johann ist wissbegierig und fleißig. Eines Tages stößt er auf ein Buch über **Alchemie**. Es handelt nicht von Salben und Tinkturen, sondern von geheimnisvollen Formeln und von der Kunst, unedle Metalle in Gold zu verwandeln. Johann ist begeistert. Doch woher kommt dieses Wissen? Und kann man es heute noch anwenden?

Wissen spezial

Was bedeutet das Wort „Alchemie"?
Der Begriff Alchemie stammt von dem arabischen Wort „al-kymiya", das „Kunst der Umwandlung" oder „Kunst des Schmelzens" bedeutet.

Der Alchemist Johann Friedrich Böttger

Geheime Künste der Antike

Als Erfinder der Alchemie gilt der ägyptische Gelehrte Hermes Trismegistos. Über ihn ist nur wenig bekannt. Alte Schriften behaupten, er sei Thot, der ägyptische Gott des

Böttger nutzte die Apotheke seines Lehrherren für alchemistische Experimente.

Alchemisten wollten herausfinden, wie sich unedle Metalle in Gold oder Silber verwandeln lassen.

Hermes Trismegistos gilt als Begründer der Alchemie.

Wissens und der Magie gewesen. Andere sehen in ihm den griechischen Gott Hermes, den Götterboten. Bis heute ist ungeklärt, von wem die überlieferten Texte, als deren Autor Hermes Trismegistos genannt wird, wirklich stammen. Sie berichten jedoch als Erste von der Möglichkeit, Gold herzustellen. Diese Idee stammt aus der Antike, einer Zeit, in der die Menschen keine Kenntnisse über die **Elemente** besitzen und noch an Magie glauben. Allerdings wissen sie, dass sich bestimmte Stoffe in andere umwandeln lassen. Wird etwa Lehm gebrannt, entsteht aus dem formbaren weichen Rohstoff festes Steingut. Erze beispielsweise können erhitzt werden, um daraus Metall wie etwa Eisen zu gewinnen.

Diese Kenntnisse wollen Forscher wie Albertus Magnus (um 1200–1280) im Mittelalter nutzen und vervollkommnen. Ihr Ziel ist es, Gold herzustellen, Heilmittel für Krankheiten oder sogar lebensverlängernde Elixiere zu finden. Fest glauben sie daran, dass dazu nicht nur Wissen über die Materie, sondern

Wissen spezial

Was ist ein Element?
Stoffe, die sich durch chemische Verfahren nicht weiter zerlegen lassen, nennt man Elemente. Heute sind 115 Elemente bekannt, darunter etwa Sauerstoff, Wasserstoff, Eisen oder auch Gold. 93 Elemente kommen in der Natur vor.

auch magische Kräfte erforderlich sind. Dabei entdecken sie im Laufe der Zeit viele Elemente und entwickeln im 18. und 19. Jahrhundert die Wissenschaft der Chemie, die sich schließlich von der magischen Alchemie löst. Viele frühe Wissenschaftler, darunter auch Sir Isaac Newton (1643–1737), sind begeisterte Anhänger der Alchemie. Sie benutzen den Athanor, einen aus Stein gemauerten Ofen, um darin Stoffe zu erhitzen, oder den Alambik, einen Glaskolben zum Destillieren von Flüssigkeiten. Ein weiterer berühmter Alchemist ist der Franzose Nicholas Flamel, der im 14. Jahrhundert den Stein der Weisen gefunden haben und dank dessen Kraft mehrere Hundert Jahre alt geworden sein soll.

Ein Athanor aus dem 16. Jahrhundert

Mit Tricks zum Erfolg

Johann Böttger interessiert sich nicht so sehr für die Herstellung eines Lebenselixiers. Jedoch ist er von der Idee,

In einem Hochofen wird Stahl gekocht – ganz ohne Magie.

Aus der Alchemie hat sich die Chemie entwickelt.

Gold herzustellen, sofort hingerissen. In aller Heimlichkeit schleicht er sich eines Nachts ins Labor der Apotheke, um erste Experimente durchzuführen, allerdings ohne Erfolg. Genau zu dieser Zeit tauchen zwei Alchemisten in Berlin auf, um nach Gleichgesinnten zu suchen: Johann Kunckel von Löwenstern und der griechische Mönch Lascaris. Zufällig stoßen sie auf Böttger und fachen seine Begeisterung noch weiter an. Vor allem Kunckel von Löwenstern ist fest vom Goldmachen überzeugt. Er zeigt dem Anfänger Böttger auch so manchen raffinierten Trick. Von Lascaris erhält Böttger ein unscheinbares Steinchen, das angeblich ein Splitterstück vom **Stein der Weisen** sein soll. Als Böttger seinem Lehrmeister davon berichtet, will dieser einen Beweis sehen. Der junge Alchemist führt ihm und einigen Zeugen daraufhin einen der Tricks vor: Vor den staunenden Zeugen verwandelt er einige Silbermünzen scheinbar in Gold.

Wissen spezial

Der Stein der Weisen

Der Stein der Weisen, lateinisch „Lapis philosophorum“, ist ein geheimnisvoller Stoff und die wichtigste Substanz der Alchemie. Er sollte als Allheilmittel oder magisches Werkzeug dienen.

Wie ein Lauffeuer verbreitet sich die Nachricht von Böttgers Fähigkeiten. Auch der junge preußische König Friedrich I. erfährt von der Tat und beordert den Apothe-

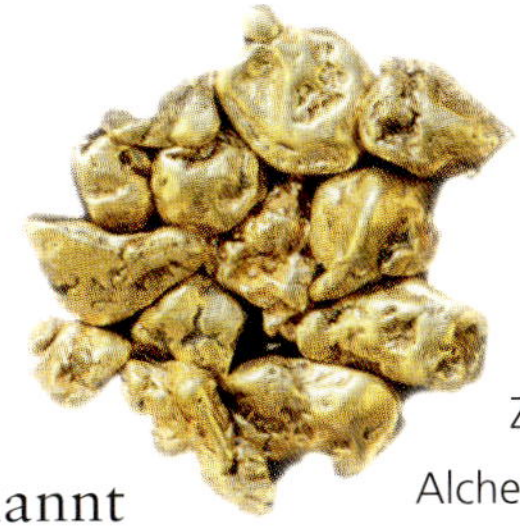

Ziel der Alchemie: die Herstellung von Gold

kerlehrling zu sich, denn er will seine Staatskasse mit Gold füllen. Erst jetzt erkennt Böttger, wie gefährlich sein Hobby ist, und flieht nach Wittenberg in Sachsen. Doch auch dort ist er bereits bekannt und wird von Kurfürst August dem Starken verhaftet. Der Kurfürst fordert seinen Gefangenen auf, auch ihm die Goldmacherei vorzuführen. Mit zitternden Händen wiederholt Böttger den Trick mit der Silbermünze und rettet sich so vor dem Galgen. Er muss August dem Starken allerdings versprechen, ihm ein paar Tonnen Gold herzustellen. Dafür wird ihm in Dresden eigens eine Alchemistenküche eingerichtet. Darüber hinaus bekommt er zwei Assistenten an seine Seite, Gottfried Pabst von Ohain (1656–1729) und Ehrenfried Walther von Tschirnhaus (1651–1708), der selbst einem Geheimnis auf der Spur ist, nämlich dem der Herstellung von **Porzellan**. Die drei Forscher einigen sich darauf, beide Geheimnisse zu lüften. Denn bislang muss Porzellan für viel Geld aus China eingeführt werden.

Wissen spezial

Was ist Porzellan?
Porzellan besteht zur Hälfte aus Kaolin, einem feinkörnigen, weißen Gestein, und zu je einem Viertel aus Feldspat und Quarz. Erfunden wurde es um das Jahr 620 in China und konnte bis 1708 auch nur dort hergestellt werden.

August der Starke wollte mit Böttgers Hilfe reich werden.

Die Chinesen waren Meister in der Porzellanherstellung und schufen wertvolle Vasen.

Porzellan statt Gold

Böttger wird von August dem Starken unter strenge Bewachung gestellt und hat keine Möglichkeit zu entkommen. Aufgrund kriegerischer Ereignisse müssen die drei Forscher mehrmals mit ihrem Laboratorium umziehen. Schnell wird Böttger klar, dass er sein Versprechen nicht halten kann. Er sieht sich schon am Galgen, als ihm Tschirnhaus vorschlägt, sich ganz auf das Porzellan zu konzentrieren und es dem Kurfürsten als Ersatz anzubieten. Nach zahllosen Versuchen mit verschiedenen Rezepturen und neuartigen Brennöfen haben sie schließlich Erfolg. Im Januar 1708 finden sie tatsächlich das richtige Mischungsverhältnis. Kurz darauf stirbt Tschirnhaus überraschend an einer Krankheit. Böttger aber erhält vom Kurfürsten den Auftrag, auf der Albrechtsburg in **Meißen** eine Porzellanmanufaktur aufzubauen. Bis 1714 bleibt er

Thema | **Weltberühmt – Meißner Porzellan**

Die 1710 auf der Albrechtsburg bei Meißen gegründete „Königlich-Polnische und Kurfürstlich-Sächsische Porzellanmanufaktur“ war die erste europäische Porzellanmanufaktur. Die abgelegene Burg ließ sich gut überwachen. So war die geheime Rezeptur sicher. Nur wenige Menschen wurden in das Geheimnis der Porzellanherstellung eingeweiht. 1717 gelang es jedoch einem Arbeiter, das Rezept nach Wien zu schmuggeln, wo ein Jahr später ebenfalls eine Porzellanmanufaktur eröffnete. Heute ist Meißner Porzellan weltberühmt.

Staatliche Porzellan-Manufaktur Meissen

Die Albrechtsburg bei Meißen

unter Bewachung. Der Kurfürst ist zufrieden mit der Erfindung, denn mit dem „weißen Gold“ lässt sich viel Geld verdienen. Dennoch verlangt er von Böttger noch immer, Gold zu machen. Der junge Apotheker stirbt jedoch am 13. März 1719. Er hatte sich bei seinen Experimenten mit Quecksilber und Arsen vergiftet.

Was Böttger zu Lebzeiten nicht gelang, hat die moderne Chemie mittlerweile erreicht. 1980 gelingt es dem amerikanischen Atomphysiker Glenn Theodore Seaborg (1912–1999), Blei in einem Kernreaktor mit Neutronen zu bestrahlen und es dadurch in Gold zu verwandeln. Dieses Verfahren ist jedoch so teuer, dass es sich nicht lohnen würde. Doch immerhin ist Goldherstellung so möglich – ganz ohne den Stein der Weisen. So wie auch das Porzellan seinen Erfolg nicht einer magischen Formel, sondern nur den Gesetzen der Chemie verdankt.

In einem Kernreaktor haben sich die Träume der Alchemisten erfüllt.

Nun knie nieder und schwöre den Eid!

Riten und Regeln der Geheimorden

1783 in Weimar

„Nun knie nieder und schwöre den Eid."

„Ich schwöre, ewiges Stillschweigen in unverbrüchlicher Treue und Gehorsam allen Oberen und den Satzungen des Ordens."

„Dann empfange nun deinen geheimen Namen, der da lautet: Abaris. Mit diesem Namen wirst du von nun an angesprochen werden."

„Von nun an heiße ich Abaris."

„Auch wird es deine Aufgabe sein, dich mit deinem Namenspatron zu befassen."

„Ich werde diese Aufgabe gewissenhaft erfüllen."

„Außerdem wirst du von nun an dieses Tagebuch führen und deine Fortschritte auf dem Weg zur Freiheit darin verzeichnen."

„So sei es."

„Erhebe dich, Abaris, nun bist du in den Orden aufgenommen."

Der Dichter Johann Wolfgang von Goethe wird Mitglied im Illuminatenorden.

Johann Wolfgang Goethe (1749–1832) ist ein junger Dichter aus Frankfurt am Main, der durch seinen Roman „Die Leiden des jungen Werthers“ und das Theaterstück „Götz von Berlichingen“ berühmt wird. Zu seinen zahlreichen Bewunderern zählt auch der Herzog Carl August von Sachsen-Weimar (1757 bis 1828), der Goethe 1775 als seinen Berater nach Weimar einlädt. Die beiden verstehen sich schon bald so gut, dass der Herzog des kleinen Fürstentums den Dichter zu einem leitenden Mitglied seines Geheimen Consiliums macht, einer Art Regierungszentrale.

Die Leiden
des
jungen Werthers.
Erster Theil.
Leipzig,
in der Weygandschen Buchhandlung.
1774.

Johann Wolfgang von Goethe war am Hof in Weimar ein einflussreicher Mann.

In geheimer Mission

Eines Tages berichtet Carl August von einem sonderbaren Angebot seines Kammerherrn, Adolph Freiherr von Knigge (1752–1796). Dieser hatte ihn angesprochen, um ihn als Mitglied des geheimen Ordens der Illuminaten anzuwerben. Der Herzog ist beunruhigt, denn die Ideen, die Knigge ihm mitteilt, könnten seinem Fürstentum gefährlich werden. Wie ließe sich über die Illuminaten nur mehr in Erfahrung bringen? Goethe schmunzelt, er kennt die Antwort: Indem man einfach Mitglied wird! Genau diesen Plan setzen der Herzog und Goethe im Jahr 1783 um. Im Rahmen einer feierlichen Zeremonie treten sie in den Illuminatenorden ein. Der Herzog erhält als **Ordensnamen** den Namen des griechischen Dichters Äschylus,

Wissen *spezial*

Alle gleich durch Ordensnamen

Die Ordensnamen waren nur den Mitgliedern des Ordens bekannt, ansonsten aber geheim. Durch die Ordensnamen war ein Adeliger von einem Bürger nicht mehr zu unterscheiden. Alle Mitglieder wurden dadurch gleich.

Im Dichterzimmer auf Schloss Tiefurt bei Weimar versammelten sich oft Dichter, Künstler und Gelehrte.

Goethe den eines Zauberers aus einer griechischen Sage: Abaris. Von nun an können beide an den regelmäßigen Sitzungen teilnehmen. Goethe hat keineswegs vor, den geheimen Orden einfach nur auszuspionieren. Er ist vor allem neugierig und fragt sich natürlich, ob er seine Erfahrungen nicht für eines seiner Dramen verwenden könnte. Doch was hat es mit dem Orden auf sich? Und warum ist er geheim?

Adam Weishaupt gründete den Illuminatenorden.

Kirche, Könige und Fürsten entmachten

Gegründet wird der Illuminatenorden von Adam Weishaupt (1748–1830), einem Ingolstädter Professor für Kirchenrecht. Am 1. Mai 1776 trifft er sich mit einigen seiner Studenten und erklärt ihnen bei Kerzenlicht das Ziel der geheimen Organisation, die sich zunächst „Bund der Perfektibilisten" nennt. Weishaupt ist ein begeisterter Anhänger der Aufklärung und der Schriften von Voltaire, René Descartes, Immanuel

Kant und anderen Philosophen. Sie fordern, dass von nun an die Vernunft das Denken und Handeln der Menschen bestimmen soll. Die Macht der Kirche und der Könige und Fürsten soll eingeschränkt werden. Die Kollegen des Professors an der Universität sind jedoch größtenteils gläubige Menschen und gegen die Gedanken der Aufklärung. Also versucht Weishaupt, diese Ideen im Geheimen zu verbreiten. Sein Ziel ist nicht etwa eine Revolution, sondern ein langsamer Wandel der Gesellschaft, den er durch Bildung erreichen will. Seinen Studenten verspricht er: „Fürsten und Nationen werden ohne Gewalttätigkeit von der Erde verschwinden, das Menschengeschlecht wird dereinst eine Familie und die Welt der Aufenthalt vernünftiger Menschen werden."

Bald hat der Orden mehr als hundert Mitglieder und soll einen neuen Namen erhalten. Weishaupt schlägt „Bienenorden" vor, da die Mitglieder Wissen sammeln sollen wie die Bienen den Honig. Doch am Ende entscheidet man sich für „Illuminatenorden". „Illuminati" ist lateinisch und bedeutet „die Erleuchteten". Als Symbol des Ordens wählt Weishaupt die **Eule der Minerva** aus. Wie bei einem Mönchsorden beginnen neue Mitglieder als sogenannte Novizen auf der untersten Stufe und können elf weitere Erleuchtungsstufen erreichen. An der Spitze steht der Rex, der König des Wissens.

Wissen spezial

Die Eule der Minerva

Minerva ist die römische Göttin der Handwerker, der Lehrer und der Weisheit. Ihr Symbol ist die Eule, die bei den Römern als besonders intelligentes Tier galt.

Kant: der wichtigste Philosoph der Aufklärung

Wissen spezial

„Über den Umgang mit Menschen"
Knigges 1788 erschienenes Buch hat seinen Namen sprichwörtlich gemacht für Benimm- und Anstandsregeln. In Wirklichkeit ist es jedoch eine kritische Abhandlung über menschliche Verhaltensweisen mit praktischen Ratschlägen und Lebensregeln.

Als 1780 Adolph Freiherr von Knigge, der Autor des berühmten Buches **„Über den Umgang mit Menschen"**, den Illuminaten beitritt, wird aus dem kleinen Orden ein großer mit rund 2500 Anhängern. Denn Knigge reist durch ganz Deutschland und wirbt zahllose Mitglieder an, unter ihnen auch Fürsten, die Weishaupt eigentlich überhaupt nicht in seinem Orden haben will. Gut ein Jahr sind Herzog Carl August und Goethe Illuminaten, als der mächtige bayerische Kurfürst Karl Theodor (1724–1799) vom geheimen Bund erfährt. Seine Hofberater stufen den Orden als gefährlich ein, und so verbietet ihn der Kurfürst 1784. Er verhängt hohe Strafen und lässt die Häuser mehrerer Illuminaten durchsuchen, da er sich vor den Zielen des Ordens fürchtet. Weishaupt muss Ingolstadt verlassen und flieht nach Gotha. Der Orden wird aufgelöst. Goethe aber nutzt seine Erlebnisse, um 1791 die Komödie „Der Groß-Cophta" zu schreiben, in der sich ein Graf als Anführer eines geheimen Ordens ausgibt.

Mit einem Ritual werden neue Mitglieder in einen Orden aufgenommen.

Sind die Freimaurer an allem schuld?

Steinmetze haben die ersten Freimaurerlogen gegründet.

Das Verbot des bayerischen Kurfürsten hat weitreichende Folgen. Denn nicht nur die Illuminaten werden jetzt verfolgt, sondern auch eine andere geheime Gesellschaft: die Freimaurer. Entstanden sind die in **Logen** organisierten Freimaurervereinigungen aus den Bruderschaften der Steinmetze und Baumeister im Mittelalter, die für ihre Rechte und Überzeugungen eintraten. Im 18. Jahrhundert gehen aus diesen Bruderschaften Vereinigungen hervor, die sich für die Ziele der Aufklärung, für Bildung und Menschlichkeit einsetzen. Ihr Wahlspruch lautet: Freiheit, Gleichheit, Brüderlichkeit, Toleranz und Humanität! Zahlreiche überlieferte Regeln und Rituale aus dem Mittelalter behalten die neuen Freimaurer bei, etwa geheime Handzeichen oder das Gelöbnis der Mitglieder, Stillschweigen über ihre Gespräche zu bewahren. Dies soll vor allem dazu dienen, die Meinungsfreiheit in den Logen zu garantieren. Mitglied kann nun jeder werden, nicht nur Steinmetze.

Wissen *spezial*

Was sind Logen?

Mit „Loge" wurde ursprünglich ein Raum bezeichnet, in dem man sich versammelt. Heute versteht man unter Loge auch eine Vereinigung von Freimaurern. Nationale oder internationale Zusammenschlüsse werden Großloge genannt.

Nach der Französischen Revolution erscheinen einige Bücher, die nicht die schrecklichen Zustände in Frank-

Der Templerorden wurde um 1118 von Kreuzrittern gegründet.

reich, sondern die Freimaurer und die Illuminaten für die Revolution verantwortlich machen. Auch der Papst und verschiedene Herrscher sehen die Freimaurer als gefährlichen Geheimbund an, der die Macht an sich reißen will.

Thema **Planen Geheimorden eine Weltverschwörung?**

Auch heute noch ist in rechtsradikalen Gruppen der Glaube verbreitet, dass die Freimaurer die Weltherrschaft übernehmen wollen. Einige halten es sogar für möglich, dass der Illuminatenorden nie aufgelöst wurde und

heute im Verborgenen das Weltgeschehen steuert. Auch für die Attentate vom 11. September 2001 werden die Illuminaten verantwortlich gemacht. Beweise für diesen Irrglauben gibt es natürlich nicht. In Wahrheit suchen diese Gruppen lediglich einen Schuldigen, um einfache Erklärungen für Ereignisse in unserer immer komplizierter werdenden Welt geben zu können.

Das Stundenglas und der Totenschädel sollen einen Freimaurer an die Vergänglichkeit erinnern.

Obwohl es für diese Anschuldigung keine Beweise gibt, haftet den Freimaurern dieses Vorurteil künftig an. In Russland werden sie nach der Revolution 1917 von den Kommunisten verboten. Von den Nationalsozialisten werden sie zusammen mit den Juden für eine **Weltverschwörung** verantwortlich gemacht, die angeblich ganze Völker vernichten soll. Tausende Freimaurer werden im Dritten Reich ermordet. Nicht die Freimaurer sind jedoch die Verschwörer, sondern die Nationalsozialisten mit ihrer Ideologie.

Heute gibt es in Deutschland rund 500 Freimaurerlogen. Die Arbeit dieser Logen ist nicht geheim und dient nach wie vor der Bildung und der Humanität. Wer Geheimbünde aufspüren will, sucht bei den Freimaurern ebenso wie bei anderen einst geheimen Gesellschaften wie etwa auch den Rosenkreuzern oder dem Templerorden vergeblich.

Auch heute gibt es noch Freimaurerorden.

Meerjungfrauen und Monsterwellen

Was ist dran am Seemannsgarn?

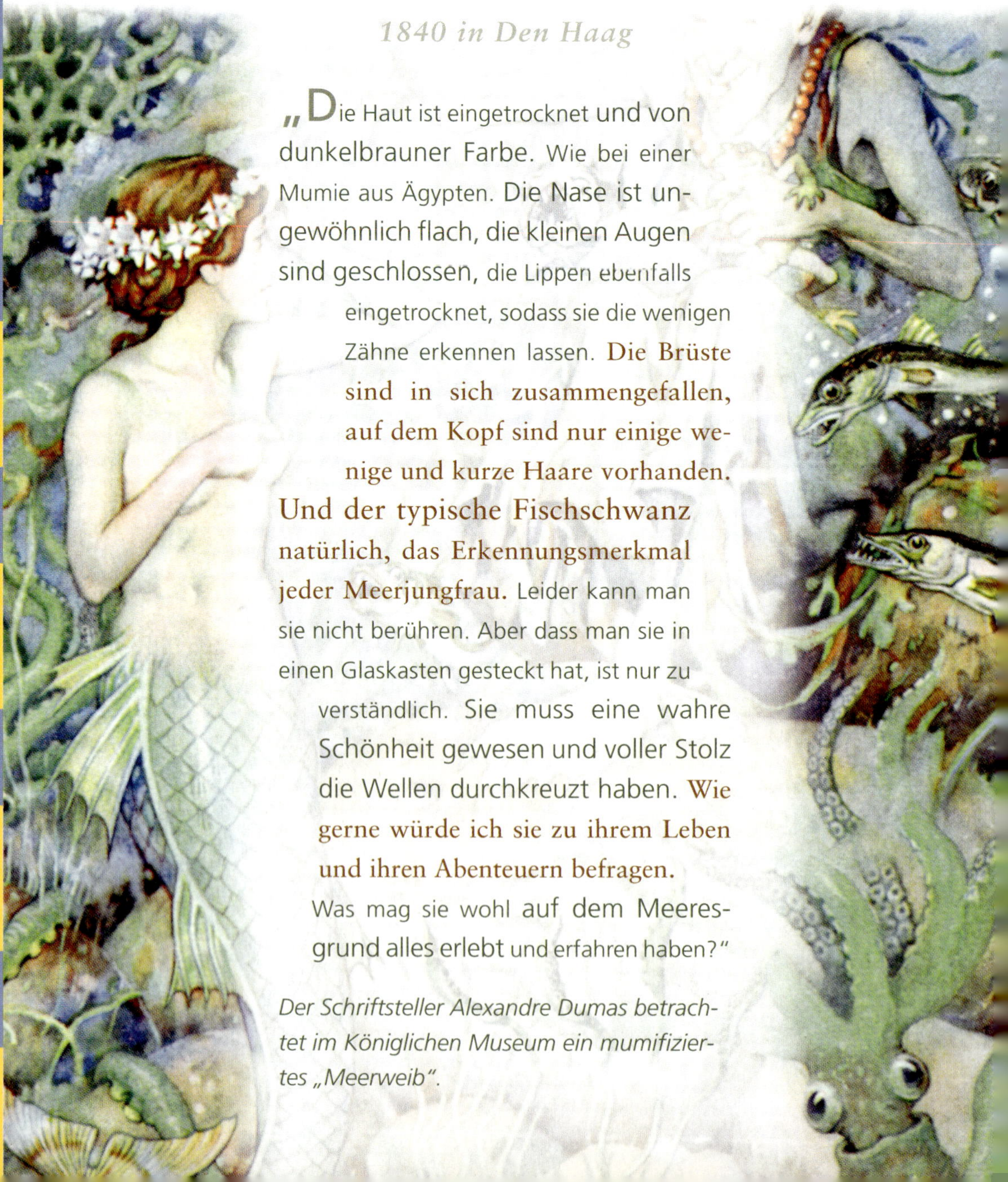

1840 in Den Haag

„Die Haut ist eingetrocknet und von dunkelbrauner Farbe. Wie bei einer Mumie aus Ägypten. Die Nase ist ungewöhnlich flach, die kleinen Augen sind geschlossen, die Lippen ebenfalls eingetrocknet, sodass sie die wenigen Zähne erkennen lassen. Die Brüste sind in sich zusammengefallen, auf dem Kopf sind nur einige wenige und kurze Haare vorhanden. Und der typische Fischschwanz natürlich, das Erkennungsmerkmal jeder Meerjungfrau. Leider kann man sie nicht berühren. Aber dass man sie in einen Glaskasten gesteckt hat, ist nur zu verständlich. Sie muss eine wahre Schönheit gewesen und voller Stolz die Wellen durchkreuzt haben. Wie gerne würde ich sie zu ihrem Leben und ihren Abenteuern befragen. Was mag sie wohl auf dem Meeresgrund alles erlebt und erfahren haben?“

Der Schriftsteller Alexandre Dumas betrachtet im Königlichen Museum ein mumifiziertes „Meerweib“.

Alexandre Dumas (1802–1870) wird in einem kleinen Städtchen im Norden Frankreichs geboren. Sein Vater ist ein General Napoleons und ein echter Abenteurer. Er stirbt an einer schweren Krankheit, als Alexandre erst vier Jahre alt ist. Da es sich seine Mutter nicht leisten kann, ihren Sohn auf eine Schule zu schicken, unterrichtet sie ihn selbst. Alexandre hat eine ausgezeichnete Handschrift, liest für sein Leben gern und träumt von wahren Heldentaten. Doch dafür ist keine Zeit, schon mit 14 Jahren muss er sich eine Arbeit suchen. Zunächst wird er Sekretär eines Notars, dann gelingt es ihm, in Paris eine Stelle als Sekretär des Herzogs von Orléans zu bekommen. Gleichzeitig beginnt er Theaterstücke und **Abenteuerromane** zu schreiben und wird bald ein erfolgreicher Schriftsteller. Anregungen holt er sich aus Büchern über französische Geschichte und in Museen. So besucht er eines Tages auch das Königliche Museum der niederländischen Stadt Den Haag, denn hier soll etwas ebenso Faszinierendes wie

Wissen spezial

Die Abenteuerromane von Dumas

Alexandre Dumas schrieb mehr als 300 Romane und Theaterstücke, die meist Themen aus der französischen Geschichte behandeln. Seine berühmtesten Abenteuerromane sind „Die drei Musketiere" (1844) und „Der Graf von Monte Christo" (1845/46), die mehrfach verfilmt wurden.

Alexandre Dumas verfasste „Die drei Musketiere" und andere Abenteuerromane.

Im Museum in Den Haag bestaunte Dumas die Meerjungfrau.

Unglaubliches ausgestellt sein: eine Meerjungfrau. Fasziniert bestaunt Dumas den vertrockneten Körper mit Fischschwanz und hat keinen Zweifel daran, dass er echt ist. Mehrfach schon hat er Erzählungen gehört von geheimnisvollen Meermännern und Meerjungfrauen, die sich Schiffen genähert haben oder in Fischernetze geraten waren.

Das Geheimnis der Meerjungfrauen

Als Christoph Kolumbus (1451–1506) im Jahr 1492 die Karibik erreicht, tauchen vor seiner kleinen Flotte plötzlich sagenhafte weibliche Wesen aus dem Wasser auf. Ihre Gesichter ähneln denen alter Frauen, die Brüste sind unbedeckt. Sofort kommen dem Entdecker antike Dichter wie Homer oder Horaz in den Sinn, die in ihren Werken von **Sirenen** berichten. Also schreibt er in sein Logbuch, Meerjungfrauen gesehen zu haben. Sie seien allerdings nicht so schön wie die Literatur sie beschreibt. Kolumbus ist nur einer von vielen Seefahrern, die von der Begegnung mit Meerjungfrauen und Meermännern erzählen. In einer alten schottischen Chronik ist zu lesen, dass im Jahr 1187 ein Meermann mit breiten Schultern und grauer Hautfarbe aus den Fluten auf-

Das Denkmal „Kleine Meerjungfrau" in Kopenhagen

Geschichten über geheimnisvolle Wesen aus dem Meer sind jahrhundertealt.

getaucht sei. 1619 wollen zwei Gesandte des dänischen Königs einen Meermann mit einem Stück Speck an Bord ihres Schiffes gelockt haben. Dort habe er sich dann so bösartig verhalten, dass sie ihn wieder ins Meer geworfen hätten. Bis ins 19. Jahrhundert hinein tauschen die Bewohner zahlreicher Hafenstädte derartige Geschichten aus. Dann kommen Biologen jedoch dem Geheimnis auf die Spur. Zunächst untersuchen sie manche der auf Jahrmärkten und in Museen ausgestellten Körper angeblicher Meerjungfrauen. Etwa jenen, der 1822 in Lon-

Thema Der tödliche Gesang der Sirenen

Der Dichter Homer erzählt im 8. Jahrhundert v. Chr. in der „Odyssee" von den Sirenen. Diese Meerjungfrauen sind Mischwesen mit einem Vogelkörper und Mädchenköpfen. Sie verführen von einer Klippe aus mit ihrem betörenden Gesang vorbeifahrende Seeleute und locken sie auf ihre Insel, wo sie sterben müssen. Der Held Odysseus entgeht ihnen: Er verschließt seiner Mannschaft die Ohren mit Wachs und lässt sich selbst an den Mast seines Schiffes fesseln.

Meermänner: menschlicher Oberkörper mit Fischschwanz.

don einer erstaunten Öffentlichkeit vorgeführt wird. Die Forscher brauchen nur wenige Minuten, um den Zauber aufzudecken. In Wahrheit ist die Meerjungfrau ein toter Affe, dem ein getrockneter Fischschwanz an den Hinterleib genäht wurde. Schon bald entpuppt sich eine Meerjungfrau nach der anderen als billige Fälschung. Fast immer haben findige Geschäftsleute sie anfertigen lassen, um sie teuer zu verkaufen oder an Eintrittsgeldern zu verdienen. Auch Alexandre Dumas ist auf eine solche Fälschung hereingefallen.

Was hat Kolumbus also wirklich gesehen? Weiter nichts als einige **Karibik-Manatis**, die auch von anderen Seefahrern immer wieder für Meerjungfrauen gehalten wurden. Auch Seehunde und Seelöwen hat so mancher schon als Meermänner angesehen, wenn diese plötzlich aus schwimmendem Seetang auftauchen. Seeleute schmücken ihre Erzählungen gerne aus, viele von ihnen sind abergläubisch. So wird aus einer Robbe mit braunen Kulleraugen und etwas Seetang auf dem Kopf eben schnell ein Meermann.

Wissen *spezial*

Was sind Karibik-Manatis?
Die bis zu acht Meter langen Manatis gehören zu den Seekühen. Ihr Gesicht kann durchaus menschlich wirken. Die Weibchen tragen darüber

hinaus ihre Milchzitzen nicht auf dem Bauch, sondern auf der Brust. Das verstärkt den Eindruck einer schwimmenden Frau.

Ungeheuer aus den Tiefen des Meeres

Seit vielen Jahrhunderten berichten Seefahrer außerdem von abenteuerlichen Begegnungen mit riesigen Seeschlangen. Im Jahr 1730 schreibt der holländische Kapitän Hans Egede in sein Logbuch: „Den 6. Juli sahen wir ein Ungeheuer, welches sich so hoch aus der See hob, dass sein Kopf bis zum Großsegel reichte. Es hatte eine lange, scharfe Schnauze und blies Wasser aus wie ein

Jahrhundertelang fürchteten Seefahrer den Angriff riesiger Seeschlangen.

Wal. Der Leib schien mit Schuppen bedeckt. Die Haut war uneben und runzelig und der untere Teil wie eine Schlange gebildet.“ Immer wieder tauchen solche Berichte in den Logbüchern der Kapitäne auf. Im Gegensatz zu den Meerjungfrauen hält jedoch kaum jemand diese Schilderungen für reines Seemannsgarn. Denn regelmäßig stranden an den Küsten von Schottland bis Japan Kadaver riesiger Meerestiere. Auf den Bermudas wird im Jahr 1860 eine fast fünf Meter lange Seeschlange angeschwemmt, vor der die Menschen in Panik flüchten. Über den Augen trägt das Tier rote, flossenförmige Strahlen, die vom Körper abstehen. Genau daran kann man das Tier später identifizieren: Es handelt sich in Wahrheit um einen Riemenfisch, den längsten Knochenfisch der Welt, der bis zu elf Meter lang werden kann und tatsächlich einer Schlange ähnelt. Er ist jedoch völlig harmlos und ernährt sich von Plankton.

Riemenfische sind harmlose Meeresbewohner.

Ungefährliches Ungeheuer mit riesigem Maul: der Riesenhai

Wissen spezial

Was passiert bei der Verwesung?
Wenn ein Lebewesen stirbt, setzt sofort der Verwesungsprozess ein. Dabei werden die Zellen des Körpers durch Bakterien und Pilze langsam zersetzt. Sie wandeln die organischen Substanzen in anorganische Stoffe wie Kohlendioxid, Wasser, Ammoniak und Schwefelwasserstoff um.

Ebenso harmlos ist ein anderer Meereskoloss, der häufig an Küsten strandet: der Riesenhai. Er erreicht eine Länge von zehn Metern. Wenn Riesenhaie sterben, verändert sich ihr Kadaver durch den **Verwesungsprozess**. Er verliert die Rückenflossen, der Körper bläht sich auf und zieht sich in die Länge, sodass er dem Körper einer Riesenschlange gleicht. Moderne Tests, die das Erbgut analysieren, können jedoch bestimmen, von welchem Tier ein gefundener Kadaver tatsächlich stammt. Fast immer ist es ein Riesenhai oder ein Riemenfisch.

Zeichnung einer Seeschlange aus dem 17. Jahrhundert

Auch sind Fälle bekannt, in denen eine Gruppe Delfine für eine Seeschlange gehalten wurde. Die gewölbten Rücken gehörten jedoch nicht einem, sondern vielen Tieren.

Gefährliche Monsterwellen

Nicht nur Meerjungfrauen und Seeschlangen sind Gegenstand unglaublicher Geschichten auf hoher See. Kapitäne berichten regelmäßig von 30 Meter hohen, steilen Wellen, die auf ihre Schiffe zugerast seien. Lange glauben Experten, dass solche Wellen reines Seemannsgarn sind. Doch 1995 finden sie heraus, dass es diese Wellen tatsächlich gibt. Neuartige Messgeräte an Bohrinseln und **Satelliten** liefern den überraschenden Beweis: Auf einer Ölplattform in der Nordsee wurden innerhalb eines Jahres 38 Monsterwellen von mehr als 25 Metern Höhe verzeichnet. Diese Wellen können entstehen, wenn Wind, Strömungen und Beben unter Wasser zusammenkommen. Wissenschaftler vermuten seither, dass zahlreiche Schiffskatastrophen auf diese Monsterwellen zurückzuführen sind. Seit man davon weiß, konstruieren Ingenieure Schiffe anders, um sie weniger anfällig zu machen. Auch befahren Schiffe andere Routen und meiden Regionen, in denen Monsterwellen häufig auftreten.

Wissen spezial

Satelliten beobachten Monsterwellen

Auch zur Erforschung von Monsterwellen werden Satelliten eingesetzt. Sie haben besondere Radargeräte an Bord, die die Höhe von Wellen messen können. Auch ihre Geschwindigkeit kann berechnet werden. Einige Forscher wollen ein Warnsystem für Monsterwellen einrichten.

Monsterwellen können mehr als 25 Meter hoch werden.

Das Pendel kennt die Antwort

Geheimnisvollen Naturkräften auf der Spur

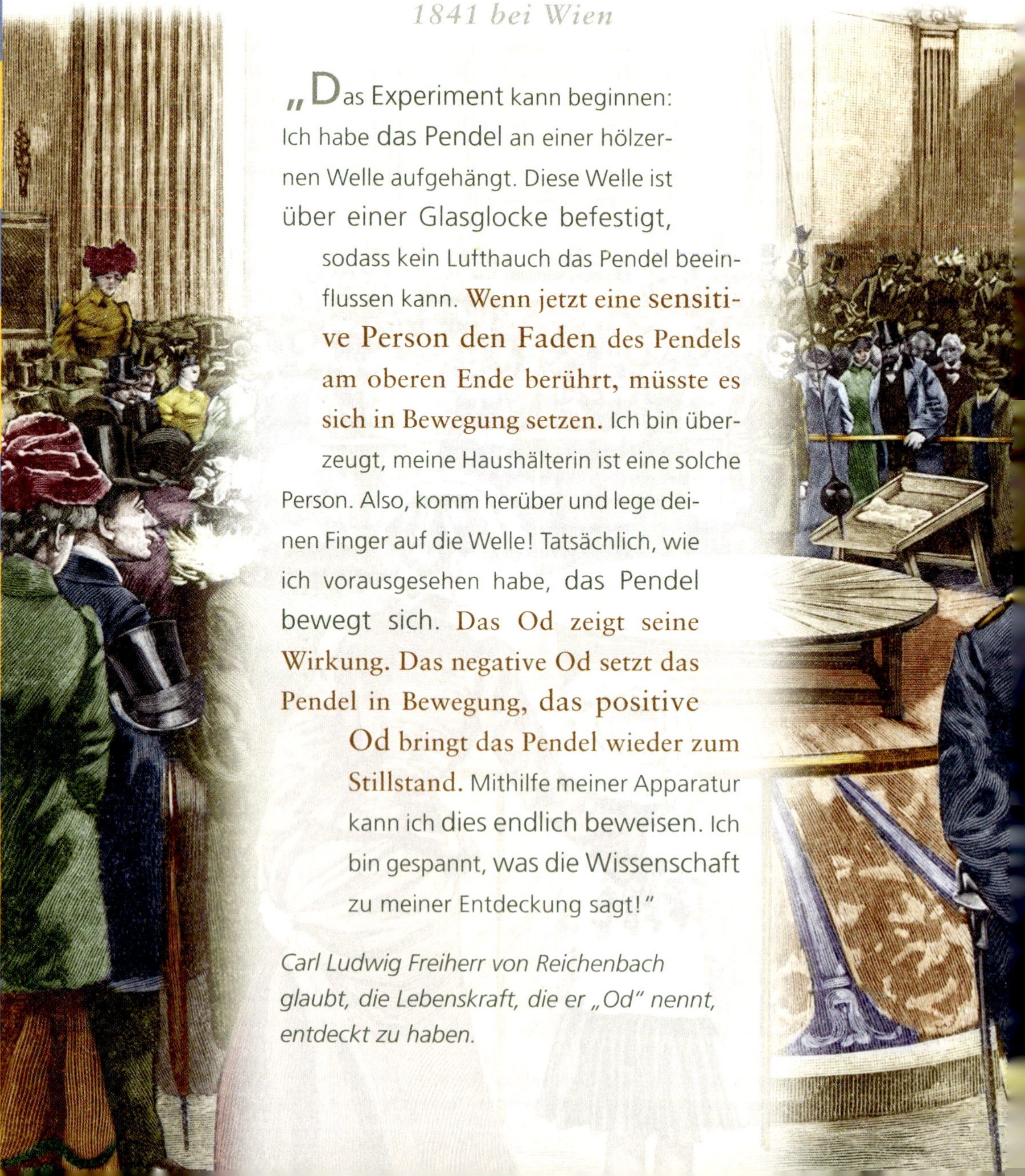

1841 bei Wien

„Das Experiment kann beginnen: Ich habe das Pendel an einer hölzernen Welle aufgehängt. Diese Welle ist über einer Glasglocke befestigt, sodass kein Lufthauch das Pendel beeinflussen kann. Wenn jetzt eine sensitive Person den Faden des Pendels am oberen Ende berührt, müsste es sich in Bewegung setzen. Ich bin überzeugt, meine Haushälterin ist eine solche Person. Also, komm herüber und lege deinen Finger auf die Welle! Tatsächlich, wie ich vorausgesehen habe, das Pendel bewegt sich. Das Od zeigt seine Wirkung. Das negative Od setzt das Pendel in Bewegung, das positive Od bringt das Pendel wieder zum Stillstand. Mithilfe meiner Apparatur kann ich dies endlich beweisen. Ich bin gespannt, was die Wissenschaft zu meiner Entdeckung sagt!"

Carl Ludwig Freiherr von Reichenbach glaubt, die Lebenskraft, die er „Od" nennt, entdeckt zu haben.

Carl Ludwig Reichenbach wird am 12. Februar 1788 in Stuttgart geboren und ist ein fleißiger Schüler, der immer wieder für fantastische Ideen schwärmt. Ist er von einer dieser Ideen überzeugt, lässt er sich so leicht nicht mehr davon abbringen. So entwickelt

Carl Reichenbach wollte auf Tahiti eine deutsche Kolonie gründen.

er mit 16 Jahren den Plan, auf der Südseeinsel Tahiti einen neuen deutschen Staat zu gründen. Er selbst will dort eine führende Position übernehmen. Ein Jahr später gründet er die geheime Otaheiti-Gesellschaft, die den Umzug von Kolonisten nach Tahiti vorbreiten soll. Nach zwei Jahren bekommt die Polizei einen Tipp und verhaftet Reichenbach.

Obwohl er einige Monate im Gefängnis verbringt, kann er anschließend in Tübingen Chemie studieren. Nach der Doktorprüfung arbeitet er für verschiedene Unternehmen und entdeckt unter anderem das **Paraffin**. Seine Erfindungen bringen ihm nicht nur einen Adelstitel, sondern auch so viel Geld ein, dass er sich 1835 das Schloss Cobenzl bei Wien kaufen kann. Dort setzt er seine Experimente fort und wird schon bald „Zauberer von Cobenzl" genannt.

Wissen *spezial*

Was ist Paraffin?

Paraffin ist ein wachsähnlicher Stoff, aus dem Kerzen, Wachsmalstifte, Salben und Öle für Petroleumlampen hergestellt werden. Das Paraffin wird aus Erdöl oder Kohle gewonnen.

Oberster Gott der Germanen: Odin, der auch Wotan genannt wurde.

Sensation oder wacklige Apparatur?

Eines Tages setzt sich wieder eine Idee in seinem Kopf fest. Er ist davon überzeugt, dass es neben bereits bekannten Kräften wie dem Magnetismus und der Elektrizität noch eine weitere, bislang unbekannte Kraft gibt. In Anlehnung an den nordischen Gott Odin nennt er diese geheimnisvolle Kraft „Od". Sie ist für ihn die Lebenskraft, die überall gegenwärtig ist. Sie ähnelt der Macht, die die **Jedi-Ritter** nutzen. Aber wie kann man eine solche Kraft beweisen? Magnetismus oder Elektrizität lassen sich leicht anhand von Experimenten zeigen. Dem Od kann von Reichenbach auf diese Weise jedoch nicht auf die Spur kommen. Schließlich ist er davon überzeugt, dass nur Menschen mit einer besonderen Begabung das Od wahrnehmen können. Diese Menschen nennt er Sensitive. Sie können sei-

Thema | Die Macht der Jedi-Ritter

In den „Krieg der Sterne"-Filmen von George Lucas spielt eine besondere Kraft eine Rolle. Sie wird „Macht" genannt und als ein Energiefeld beschrieben, das überall im Universum gegenwärtig ist. Nur besonders begabte Menschen, die zu Jedi-Rittern ausgebildet werden, können diese Macht nutzen. Sie haben telekinetische Kräfte, also die Fähigkeit, durch ihre Gedanken Gegenstände zu bewegen und steuernd auf die Außenwelt zu wirken. Die Macht hat jedoch auch eine dunkle Seite, wie der Jedi-Ritter Darth Vader sie verkörpert.

ner Ansicht nach sogar Magnete und Kristalle im Dunkeln leuchten sehen. Auch sollen sie in der Lage sein, ein von ihm gebautes **Pendel** mithilfe des Ods in Bewegung zu versetzen. Dazu baut er eine besondere Pendelapparatur. Als ihm die ersten Versuche mit einigen Testpersonen gelingen, ist er fest davon überzeugt, das Od beweisen zu können, und schreibt in seinem Buch „Aphorismen über Sensitivität und Od“, das im Jahr 1866 erscheint: „Damit gewinnt die Wissenschaft eine neue Bewegungskraft und das Od reiht sich ein in die beschränkte Zahl der physischen Motoren (Kräfte).“

Wissen spezial

Wie sieht ein Pendel aus?
Die von Pendlern verwendeten Pendel haben ein Gewicht aus Messing oder Kupfer, das an einer Schnur herabhängt. Manchmal weihen die Pendler sie mit magischen Sprüchen, weil sie dann besser funktionieren sollen.

Bringt das Od Edelsteine zum Leuchten?

Begeistert überlässt von Reichenbach seinen Versuchsaufbau dem bekannten deutschen Physiker Gustav T. Fechner (1801–1887), der ihn überprüfen soll. Der Physiker erkennt sofort, dass es sich bei dem Pendel um einen „wackeligen Apparat“ handelt, der für ordnungsgemäße wissenschaftliche Versuche ungeeignet ist. Also befestigt Fechner das **Pendel** auf einem festen Stein und bittet von Reichenbach, das Experiment zu wiederholen. Dieser bringt seine Haushälterin mit, die er für besonders sensitiv hält. Doch als sie den Zeigefinger auf die Welle legt, an der das Pendel hängt, passiert nichts: „Der Versuch missglückte gänzlich; das Pendel blieb stocksteif stehen“, schreibt Fechner in sein Tagebuch. Warum aber hat der Versuch früher funktioniert? Fechner stellt der Haushälterin einige Fragen und notiert

Seriöse Versuche konnten keine magischen Pendelkräfte belegen.

Wissenschaftler benutzen Pendel, etwa um die Drehung der Erde nachzuweisen (Foucaultsches Pendel).

schließlich: „Sie stimmte meiner Ansicht, der Versuch möge früher nur wegen schlechter Aufstellung des Apparates gelungen sein, ganz bei.“ Daraufhin zieht sich von Reichenbach gekränkt in sein Schloss zurück, wo er weiterhin versucht, Beweise für das Od zu finden. Während seine Kollegen nur den Kopf schütteln, glaubt er bis zu seinem Tod 1869 an die geheimnisvolle Kraft, die alles durchfließt und Pendel in Bewegung setzt. Bis heute gibt es Menschen, die an das Od glauben. Beweise fehlen allerdings gänzlich.

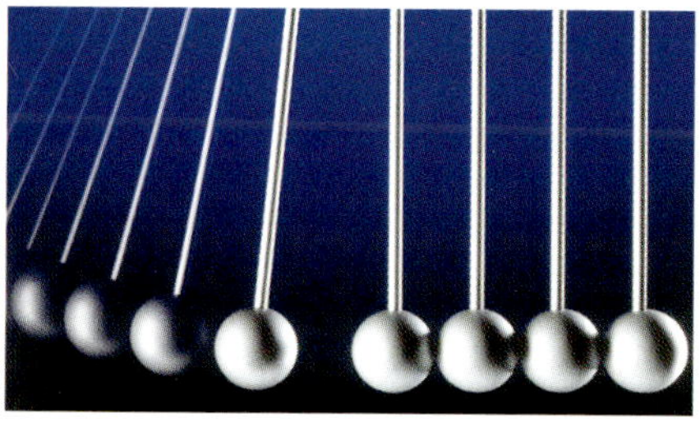

Von Reichenbach ist unbeirrbar: Pendel besitzen magische Kräfte!

Das Pendel weiß die Antwort

Carl von Reichenbach ist nicht der erste Mensch, der glaubt, dass ein Pendel auf magische Weise bewegt werden kann. Schon bei den alten Ägyptern oder im antiken Griechenland haben Wahrsager Pendel als Hilfsmittel benutzt. Die Vorstellung, dass ein Pendel Auskunft über unsere Gesundheit oder zukünftige Ereignisse geben kann, hat sich bis heute gehalten. Viele Pendler glauben, ähnlich wie von Reichenbach, dass eine geheimnisvolle Kraft das Pendel lenkt oder beeinflusst. Sie arbeiten zum Beispiel mit Fotos, die Personen zeigen, halten das Pendel über ein Gesicht und fragen: „Ist dieser Mensch gesund?" Beginnt das Pendel, sich vor und zurück zu bewegen, oder kreist es im Uhrzeigersinn, gilt dies als ein „Ja". Bewegt es sich von links nach rechts oder kreist gegen den Uhrzeigersinn, bedeutet dies „Nein". Eine diagonale Bewegung wird als „vielleicht" gedeutet.

Ein Pendelversuch versetzt Menschen 1851 in Paris in Erstaunen.

Was weiß das Pendel? Wahrsager setzen auch heute noch Pendel ein.

Wissen *spezial*

Was ist das Unterbewusstsein?

Das Unterbewusstsein ist der Bereich unseres Denkens, den wir nicht bewusst steuern können. Es besteht vor allem aus unseren Trieben wie zum Beispiel dem Selbsterhaltungs- oder dem Sexualtrieb, geheimen Wünschen und verdrängten Erfahrungen und es hat großen Einfluss auf unser Handeln.

Die Ergebnisse einer solchen Pendelbefragung sind manchmal erstaunlich und werden im 19. Jahrhundert erstmals von Naturwissenschaftlern untersucht. Sind es wirklich übersinnliche Kräfte, die das Pendel in Bewegung setzen? Der englische Mediziner William B. Carpenter (1813–1885) findet die Antwort: Die Pendelbewegungen werden durch den sogenannten ideomotorischen Effekt hervorgerufen, der auch als Carpenter-Effekt bezeichnet wird. Carpenter kann in zahlreichen Tests nachweisen, dass die Bewegung des Pendels von unserem **Unterbewusstsein** gesteuert wird. Es gelingt keinem Menschen, seine Hand absolut ruhig zu halten. Immer zittern Muskeln, immer sorgen die Atmung und der Puls für eine kaum wahrnehmbare Bewegung, die unsere Gedanken ganz unabsichtlich in die gewünschte Richtung lenken. Daher funktioniert das Pendeln auch nur dann, wenn die Zusammenhänge und Fakten bekannt sind oder wenn es um Wünsche geht. Bittet man aber Pendler um Urteile über ihnen völlig unbekannte Personen oder Tatsachen, gibt das Pendel keine richtige Antwort. Das bestätigen Untersuchungen, die Wissenschaftler in mehreren Ländern

William Carpenter löste das Rätsel des Pendels.

in den letzten Jahren durchgeführt haben. Nicht das Pendel oder eine geheimnisvolle Kraft trifft die Entscheidung, sondern ausschließlich der Pendler selbst.

Moderner Wünschelrutengänger

Wünschelrutengänger suchen nach Wasser

Der Carpenter-Effekt führt auch zum Ausschlag von **Wünschelruten**, mit denen sich manche Menschen auch heute noch auf die Suche nach unterirdischen Wasserläufen oder Schätzen begeben. Überzeugte Wünschelrutengänger glauben daran, dass es besondere Erdstrahlen gibt, die sie mit ihren Ruten aufspüren können. Diese Erdstrahlen werden ihrer Ansicht nach durch Wasseradern und Brüche im Gestein verursacht und sind gesundheitsschädlich. Manche Menschen lassen daher einen Wünschelrutengänger kommen, bevor sie sich für einen Bauplatz für ein neues Haus entscheiden. Besonderen Wert legen sie auch auf den Standort ihres Bettes, unter dem sich keine Wasserader befinden darf. Ähnlich wie beim Pendeln konnten die Kräfte, auf die sich Wünschelrutengänger berufen, bislang nicht nachgewiesen werden.

Wissen spezial

Die Wünschelrute sucht nach Wasseradern

Eine Wünschelrute ist ein gegabelter Zweig oder ein Draht, der zu einer Gabel geformt ist. Die Gabel wird an der Seite mit den zwei Enden angefasst. Die Wünschelrute soll ausschlagen, wenn sie unterirdische Vorkommen von Wasser oder Erzen aufspürt.

Senden Gesteinsbrüche und Wasseradern Strahlen aus?

Auf dem Weg ins Jahr 802.701

Sind Zeitreisen möglich?

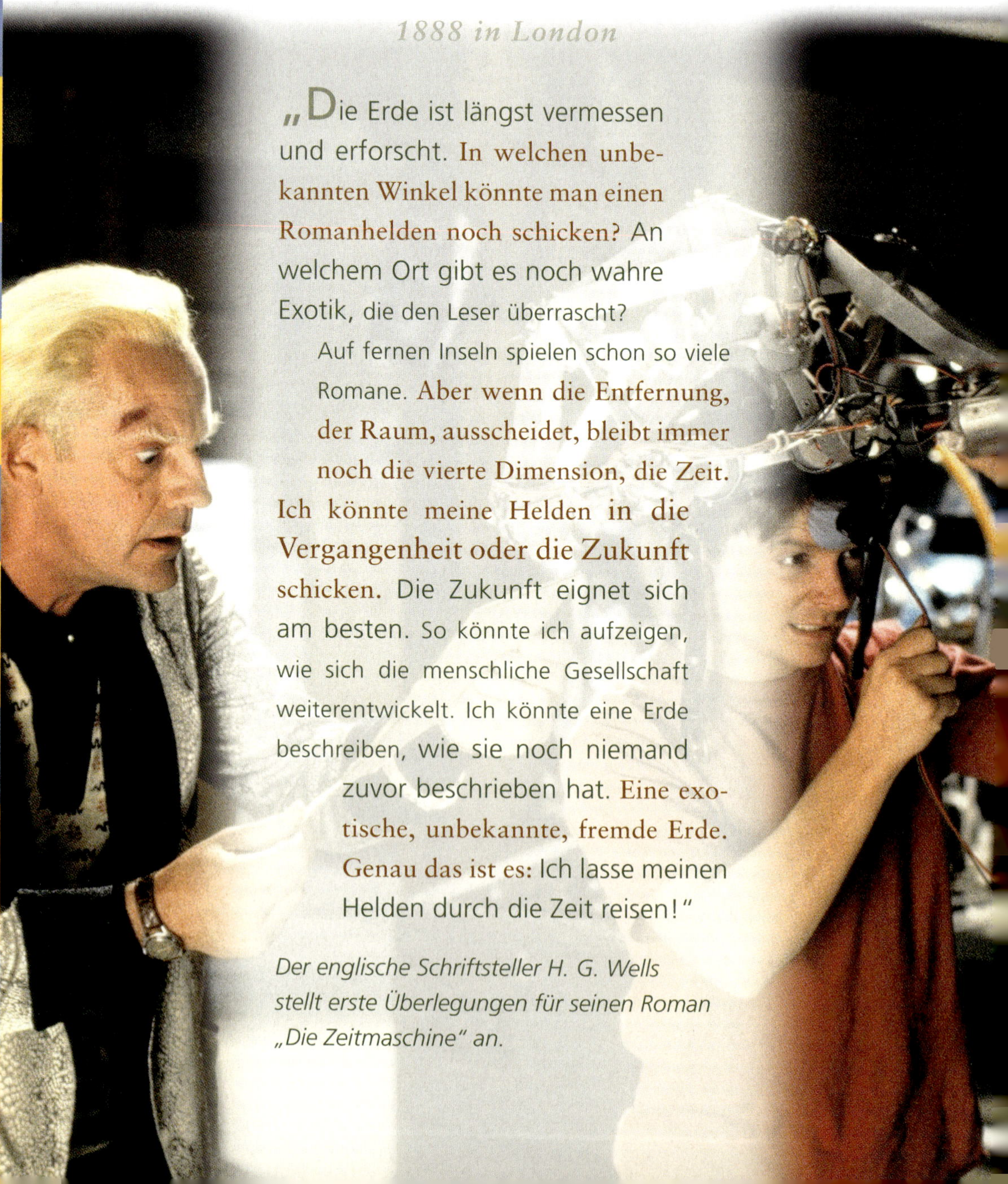

1888 in London

„Die Erde ist längst vermessen und erforscht. In welchen unbekannten Winkel könnte man einen Romanhelden noch schicken? An welchem Ort gibt es noch wahre Exotik, die den Leser überrascht?

Auf fernen Inseln spielen schon so viele Romane. Aber wenn die Entfernung, der Raum, ausscheidet, bleibt immer noch die vierte Dimension, die Zeit. Ich könnte meine Helden in die Vergangenheit oder die Zukunft schicken. Die Zukunft eignet sich am besten. So könnte ich aufzeigen, wie sich die menschliche Gesellschaft weiterentwickelt. Ich könnte eine Erde beschreiben, wie sie noch niemand zuvor beschrieben hat. Eine exotische, unbekannte, fremde Erde. Genau das ist es: Ich lasse meinen Helden durch die Zeit reisen!"

Der englische Schriftsteller H. G. Wells stellt erste Überlegungen für seinen Roman „Die Zeitmaschine" an.

Herbert George Wells (1866–1946) wächst in bescheidenen Verhältnissen auf. Sein Vater ist von Beruf Gärtner und Besitzer eines kleinen Haushaltswarenladens in Bromley in der Nähe von London. Der Laden läuft schlecht, seine Mutter muss als Wirtschafterin das Geld für die Familie verdienen. Herbert ist ein leidenschaftlicher Leser, der jedes Buch verschlingt, das er auftreiben kann. Als er sich ein Bein bricht, schwärmt er „von einem der glücklichsten Erlebnisse meines Lebens", denn im Krankenbett kann er von morgens bis tief in die Nacht hinein lesen. Mit 14 Jahren verlässt er die Schule und beginnt eine Lehre als Tuchhändler, aber schon nach kurzer Zeit fühlt er sich „als toter Ladenlehrling". Er bricht die Ausbildung ab und schafft es mit viel Glück, eine höhere Schule zu besuchen und anschließend von 1884 bis 1887 in London Naturwissenschaften zu studieren. Statt als Tuchhändler kann er nun als Lehrer arbeiten.

Herbert George Wells ist einer der Erfinder der Science-Fiction.

Mit dem Fahrrad in die Zukunft

Doch auch das ist nicht sein Traumberuf. Er will nicht nur lesen, sondern selbst schreiben. Zunächst veröffentlicht er Artikel in Zeitschriften, dann beginnt er Romane zu verfassen. Oft handeln sie von der Zukunft der Menschheit und von den künftigen Möglichkeiten der Naturwissenschaften und der Technik. Schon sein erster Roman, „Die Zeitmaschine", wird 1894 ein großer Erfolg und zählt bis heute zu den erfolgreichsten **Science-Fiction-Romanen** der Weltliteratur. Die Geschichte eines Erfinders, der mit

Wissen *spezial*

Was ist Science-Fiction?
Science-Fiction-Romane stellen meist fantasievoll ausgemalte Zukunftswelten dar wie etwa Reisen ins Weltall oder den Besuch der Erde durch außerirdische Wesen. Dabei werden oft die Grenzen des naturwissenschaftlich-technisch Möglichen überschritten.

Reisen durch Raum und Zeit sind für Science-Fiction-Helden alltäglich.

einer selbst gebauten, fahrradähnlichen Zeitmaschine in die Zukunft reist, erscheint zunächst als Serie in einem Magazin. Immer mehr Leser verfolgen staunend die Abenteuer dieses **Zeitreisenden**, die immer am selben Ort spielen, nämlich dem Grundstück des Erfinders, allerdings zu unterschiedlichen Zeiten, von der Gegenwart bis zum Jahr 802.701.

Eine Frage stellt sich natürlich jedem Leser: Könnte eine derartige Reise eines Tages tatsächlich möglich sein? Der Roman ist so eindrucksvoll, dass nicht wenige Menschen bereit sind, genau dies zu

Thema Zeitreisende verlassen das 19. Jahrhundert

Der Held in H. G. Wells' Roman ist der erste Zeitreisende, der eine Zeitmaschine benutzt. Auch andere Schriftsteller haben im 19. Jahrhundert Menschen durch die Zeit reisen lassen – doch ohne technische Hilfsmittel zu benutzen. In „Ein Yankee am Hofe des König Artus" (1889) von Mark Twain (1835–1910) erwacht der Held nach einem Schlag auf den Kopf im Mittelalter. In dem Roman „Das Jahr 2000. Ein Rückblick auf das Jahr 1887" (1888) von Edward Bellamy (1850–1898) wacht der Held nach einem 113 Jahre währenden Schlaf im Jahr 2000 auf.

glauben. Denn sie leben in einer Zeit, in der wissenschaftliche und technische Fortschritte ihren Alltag bestimmen. Als der Roman 1895 als Buch erscheint, entdeckt Conrad Röntgen die nach ihm benannten Strahlen, in Paris werden die ersten Kinofilme vorgeführt. Im Jahr darauf entdeckt Antoine Henry Becquerel die Radioaktivität, während der Italiener Guglielmo Marconi sein erstes Funkgerät zum Patent anmeldet. Könnte die nächste sensationelle Erfindung eine Zeitmaschine sein?

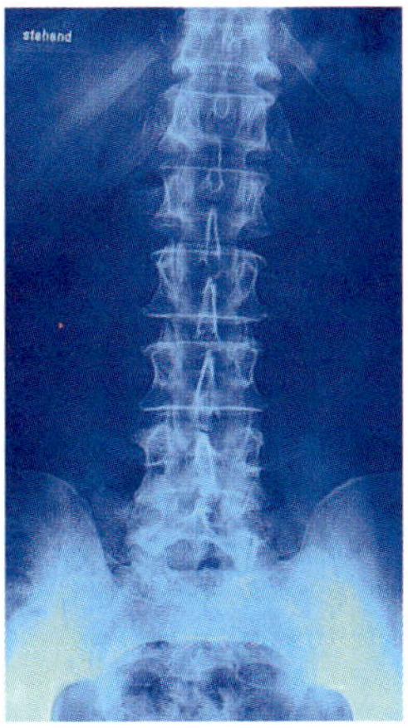

Röntgen ermöglicht den Blick in den Körper.

Raum und Zeit verschmelzen

1905 wird eine wissenschaftliche Sensation bekannt, die die bislang gültige Vorstellung von Raum und Zeit völlig verändert. Der erst 26 Jahre alte, aus Ulm stammende Physiker Albert Einstein (1879–1955) veröffentlicht seine spezielle Relativitätstheorie. Die Theorie, die sich auf die Forschungsergebnisse von Hendrik Antoon Lorentz stützt, besagt, dass Raum und Zeit keine festen und im gesamten Weltall gleichen Größen sind. Sie existieren zudem nicht unabhängig voneinander, sondern gehören untrennbar zusammen und bilden eine vierdimensionale sogenannte Raumzeit. Dies erkennt der Göttinger Physiker Her-

Albert Einstein an seinem Schreibtisch

Ein schwarzes Loch verschluckt Materie und Licht.

mann Minkowski (1864–1909) wenig später. Das heißt, wie schnell die Zeit vergeht, ist von der Situation des Beobachters abhängig. Je schneller er sich von einer anderen Person entfernt, umso langsamer fließt für ihn die Zeit. Auch große Massen wie Planeten, Sterne oder **schwarze Löcher** lassen die Zeit langsamer ablaufen.

Ließe sich also wirklich wie in H. G. Wells' Roman eine Zeitmaschine bauen? Einstein denkt darüber nach, wie man die Auswirkungen der Relativitätstheorie nutzen könnte, um von einer Gegenwart in eine andere zu gelangen, die wir als Zukunft bezeichnen würden. Doch wie könnte dies möglich sein? Die Theorie besagt: Je schneller man sich bewegt, umso langsamer vergeht die Zeit. Könnte ein Mensch in einem Raumschiff fast so schnell fliegen wie das **Licht** und käme nach einem halben Jahr auf die Erde zurück, wären dort in der Zwischenzeit 1000 Jahre vergangen. Würde er damit in der Zu-

Wissen *spezial*

Sternriesen enden als schwarze Löcher

Riesensterne explodieren am Ende ihres Daseins. Durch die Druckwelle wird das Innere des Sterns so zusammengepresst, dass er nur noch einige Meter Durchmesser hat, jedoch so viel Masse und Schwerkraft, dass er Materie benachbarter Sterne verschluckt und kein Licht nach außen dringen lässt.

kunft landen und gliche sein Flug einer Zeitreise? Davon ist Albert Einstein zumindest theoretisch überzeugt. Wie dies praktisch umzusetzen wäre, ist jedoch nicht vorstellbar. Mit heutiger Technik kann kein lichtschnelles Raumschiff gebaut werden. Allein die benötigte Energie wäre unvorstellbar groß. Auch würde kein Mensch je einen solchen Flug überleben. Wäre eine solche Reise eines fernen Tages dennoch möglich, was sollte ein Zeitreisender darüber hinaus in der Zukunft machen? Er könnte nur von der Vergangenheit erzählen und würde keinen bekannten Menschen antreffen. Selbst seine Ururenkel wären seit Jahrhunderten tot. Informationen über die Zukunft zu sammeln, wäre sinnlos: Kein Mensch könnte zurückreisen in die Zeit, aus der er gekommen ist. Der Zeitreisende wäre lebenslänglich ein Gefangener in einer ihm völlig fremden Welt.

Wissen *spezial*

Wie schnell ist das Licht?
Ein Lichtstrahl legt im Vakuum, also im Weltraum, 300.000 Kilometer pro Sekunde zurück. Seine Geschwindigkeit ist dort immer gleich und kann nicht übertroffen werden. Auch kann keine Masse, also auch kein Raumschiff, auf Lichtgeschwindigkeit beschleunigt werden.

Zeitreisen in die Vergangenheit oder die Zukunft sind nur im Film mit Raumschiffen möglich.

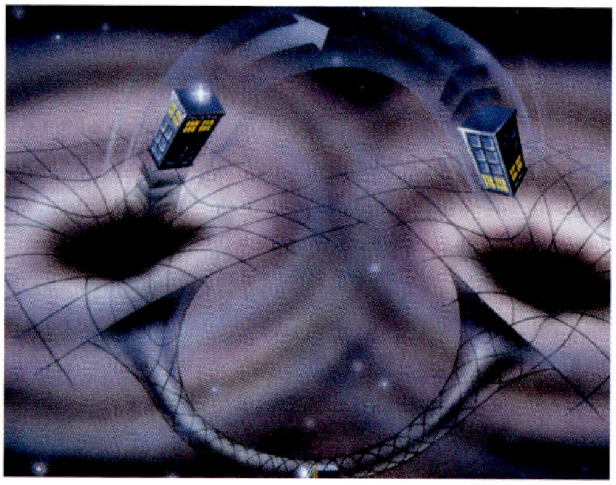

Kann man eines Tages Wurmlöcher für Zeitreisen nutzen?

Durch das Wurmloch in die Vergangenheit

Jedoch auch über eine Reise in die Vergangenheit macht sich Albert Einstein Gedanken. Zusammen mit seinem Kollegen Nathan Rosen (1909–1995) veröffentlicht er 1935 einen Artikel über die Möglichkeit eines besonderen schwarzen Lochs. Es krümmt die Raumzeit derart, dass eine Verbindung zwischen verschiedenen Orten oder Zeiten der Raumzeit entsteht. Diese Verbindung wird nach ihren Erfindern Einstein-Rosen-Brücke genannt. Diese Brücke stellt eine Art Abkürzung oder Tunnel dar, durch den man andere Zeiten und Welten erreichen könnte. Sie wird daher auch „Wurmloch" genannt, da der Wurm, der sich durch den Apfel hindurchfrisst, statt um ihn herumzukriechen, eine Abkürzung nimmt.

Filmtrick: sich in andere Zeiten beamen

Im Film reisen Dr. Brown und Marty McFly „Zurück in die Zukunft".

Die Einstein-Rosen-Brücke ist nur ein mathematisches Gedankenexperiment. Bauen lässt sie sich nicht. Könnte man dennoch auf diese Weise in die Vergangenheit reisen, könnte man sie dann auch verändern? Was wäre, wenn ein Zeitreisender seinen noch jungen Großvater treffen und ermorden würde? Sein Vater würde dann nie geboren werden und der Zeitreisende selbst auch nicht. Er könnte somit nie in die Vergangenheit reisen, um seinen Großvater zu ermorden. Demnach lebt sein Großvater und wird Vater seines Vaters, der wiederum ihn zum Sohn hat. Also kann er doch in die Vergangenheit reisen, um seinen Großvater zu ermorden. Diese als **Großvaterparadoxon** bekannte Geschichte ließe sich endlos fortsetzen. Sie zeigt, dass Zeitreisen in die Vergangenheit ebenso wie Reisen in die Zukunft nach heutigem Erkenntnisstand nicht möglich sind. Dies muss jedoch nicht so bleiben. Albert Einstein weiß genau: „Fantasie ist wichtiger als Wissen, denn Wissen ist begrenzt."

Wissen spezial

Was ist ein Paradoxon?

Ein Paradoxon ist ein scheinbar unauflösbarer Widerspruch. Das Wort stammt aus dem Griechischen und bedeutet wörtlich übersetzt „Gegenansicht". In der Physik steht ein Paradoxon scheinbar im Widerspruch zu physikalischen Gesetzen.

Graf Dracula scheut das Sonnenlicht

Vampire und andere Phantome der Nacht

1890 in London

„Sie haben noch nie von Vlad III. Draculea gehört, dem für seine Grausamkeit bekannten Fürsten der Walachei?"

„Nein, das muss ich zu meiner Schande gestehen."

„Er regierte im 15. Jahrhundert und war ein Feind der Türken. Seine Feinde ließ er auf Pfähle spießen."

„Und woher hat er diesen merkwürdigen Nachnamen?"

„Draculea? Er war Mitglied des von Sigismund von Luxemburg gegründeten Drachenordens, dessen Ziel es war, das Christentum zu verteidigen. Draculea heißt ‚Sohn des Drachen'."

„Was wissen Sie noch?"

„Eine Legende besagt, er habe einen ausgeprägten Geruchssinn besessen und Knoblauch verabscheut. Außerdem soll er das Sonnenlicht gemieden haben."

Der Orientalist Ármin Vambéry berichtet dem Schriftsteller Bram Stoker von Vlad Draculea, dem Vorbild für Graf Dracula.

Abraham Stoker, genannt Bram, wird am 8. November 1847 in einem kleinen Dorf bei Dublin in Irland geboren. Als kleines Kind leidet er an einer geheimnisvollen Krankheit, die kein Arzt behandeln kann. Bis zu seinem achten Lebensjahr ist er ans Bett gefesselt, bevor sich sein Zustand plötzlich bessert. „Ich hatte viel Zeit zum Nachdenken“, erinnert er sich später, „wahrscheinlich hat das auch meine Bücher beeinflusst.“ Bram ist ein guter Schüler und studiert später Jura, um am Gericht in Dublin zu arbeiten. Seine heimliche Leidenschaft ist jedoch das Theater. Keine Vorstellung lässt er aus. Nebenberuflich schreibt er Theaterkritiken.

Bram Stoker leitete das Lyceum Theatre.

Blut für Graf Dracula

Der bekannte Schauspieler Henry Irving (1838–1905) wird einer seiner engsten Freunde. Stoker heiratet 1878 und zieht mit seiner Frau nach London, um dort Manager von Irvings Lyceum Theatre zu werden. Sein Freund macht ihn auch mit Arthur Conan Doyle (1859–1930) und anderen Schriftstellern bekannt. Bald schreibt Stoker einige Romane, allerdings ohne großen Erfolg. Dann stößt er zufällig auf das Motiv des Vampirismus. Er liest Erzählungen wie „Der Vampir“ von John W. Polidori (1795–1821), einem Arzt und Freund von Mary W. Shelley, der Autorin des berühmten Frankenstein-Romans. 1890 entschließt sich Stoker, selbst einen solchen Horror-Roman zu schreiben. Zufällig trifft er den bekannten ungarischen Orientalisten Ármin Vambéry (1832–1913), der ihn auf den Fürsten Vlad III.

Vorbild für viele Horror-Romane: „Frankenstein“

Vlad Draculea hauste auf Schloss Bran.

Graf Draculas Vorbild: Vlad Draculea

Draculea aufmerksam macht. Stoker ist so angetan von der historischen Figur, dass er sie zum Vorbild für seinen blutsaugenden Grafen macht, den er „Dracula“ nennt. Die Handlung verlegt er von Österreich, wo sie ursprünglich spielen sollte, nach **Transsylvanien**. Dem Widersacher Draculas, van Helsing, verleiht er seinen Vornamen.

Stoker arbeitet sieben Jahre an seinem Roman und liest jedes verfügbare Buch über den Vampirismus. Dabei erkennt er, dass der Glaube an Vampire jahrtausendealt ist. Eine seiner Wurzeln ist die Vorstellung, dass Mörder, also Menschen, die Blut vergossen haben, keine Ruhe finden und nicht ins Jenseits gelangen. Auch nach ihrem Tod müssen sie als Untote umherstreifen. So fürchteten die Germanen den **Draugr**, der nachts aus seinem Grab stieg. Eine zweite Wurzel des Glaubens an Untote sind die immer wieder real beobachteten „lebenden“ Toten, wie etwa Scheintote, die nach einiger Zeit wieder zum Leben erwachen. Auch rätselhafte Geräusche aus Särgen,

Wissen *spezial*

Wo liegt Transsylvanien?
Transsylvanien (lateinisch für „jenseits der Wälder“) ist eine Landschaft in Rumänien, die auch Siebenbürgen genannt wird. Neben dichten Wäldern liegen auch Teile des Hochgebirges der Karpaten in dieser Region.

Ägyptischer Glaube: Die Seele verlässt als Vogel den Körper des Toten.

die durch das Entweichen von Fäulnisgasen entstehen, lässt die Menschen an die Existenz von Untoten glauben. Das für einen Vampir lebensnotwendige Blut wird von vielen Völkern, etwa von den Griechen, als Lebenskraft oder Sitz der Seele angesehen. Verblutet ein Mensch, so stirbt er nach Meinung der Griechen, weil ihn seine Seele verlässt. Ähnliche Vorstellungen findet man auch im jüdischen oder christlichen Glauben.

Im Laufe der Zeit sind so Legenden von Vampiren entstanden, die nachts umherstreifen und Menschen das Blut aussaugen. Nach der Entdeckung Amerikas stoßen die europäischen Seefahrer auf ein Tier, das diesen Legenden neue Nahrung gibt: die Vampirfledermaus. Der nacht-

Thema **Germanischer Untoter – der Draugr**

Germanische Sagen berichten von Verstorbenen, die als Draugr ihren Grabhügel verlassen, um sich an Menschen zu rächen oder sie in Angst und Schrecken zu versetzen. In anderen Erzählungen verteidigen sie wertvolle Grabbeigaben mit übermenschlichen Kräften. Ein Draugr galt als nahezu unbesiegbar und unverwundbar. Töten konnte man ihn nur, wenn man ihm den Kopf abschlug und den Körper verbrannte. Mit besonderen Amuletten versuchten die Germanen, einen Draugr fernzuhalten.

Graf Dracula verkörpert in vielen Filmen das Böse.

Saugen gern Blut: Vampirfledermäuse

aktive Säuger mit einer Flügelspannweite von bis zu 40 Zentimetern lässt sich auf Tieren nieder, vorwiegend auf Rindern, beißt sie und trinkt deren Blut. Die Entdeckung dieser Fledermaus und ihrer Lebensgewohnheiten führt zu der Annahme, dass sich Vampire in Fledermäuse verwandeln können.

Bram Stokers Roman „Dracula“ erscheint im Jahr 1897. Weltbekannt wird er jedoch erst nach dem Tod des Autors am 2. April 1912 und den ersten Verfilmungen. Inzwischen gibt es mehr als 200 Filme, die auf Stokers Roman fußen.

Wissen spezial

Was machen Anthropologen?

Anthropologen befassen sich mit dem Menschen, seiner Entwicklung, seiner Kultur und seinen Lebensumständen. Sie versuchen zu klären, was den Menschen auszeichnet und vom Tier unterscheidet.

Die Zombies kommen!

Vampire sind nicht die einzigen „lebenden“ Toten, die durch Kinofilme weltweit bekannt wurden. Immer wieder tauchen in Horrorfilmen auch Zombies auf. Der Glaube an diese Gestalten hat seinen Ursprung in Afrika, wo Zombies als Geister Verstorbener verehrt und gefürchtet werden. Es gibt

Medizinmänner lassen scheinbar Tote wieder auferstehen.

jedoch auch Berichte, in denen von auferstandenen Toten die Rede ist. Diesen Berichten geht der kanadische **Anthropologe** Edmund Wade Davis nach und findet eine verblüffende Lösung: Um Diebe und Mörder zu bestrafen, belegen Medizinmänner sie mit einem Fluch. Gleichzeitig verabreichen sie ihren Opfern ein lähmendes Gift, das sie wie tot erscheinen lässt. Nach einiger Zeit geben sie den Opfern ein Gegengift. Es löst eine Art betäubenden Rausch aus, der einen Menschen willenlos macht. Die Medizinmänner versichern ihren Opfern, sie seien tot gewesen und von ihnen wieder zum Leben erweckt worden. Als Strafe für ihre Vergehen müssen sie in diesem Zustand Sklavenarbeit verrichten.

Beliebt in zahlreichen Horrorfilmen: Zombies

Vorsicht, Werwölfe!

Das etwa 1200 v. Chr. entstandene Gilgameschepos berichtet, wie die Göttin Ischtar einen Hirten in einen Wolf verwandelt, dem nur noch die Flucht in die Wildnis bleibt: Seine eigenen Hirtenknaben verjagen ihn, und seine Hunde fallen ihn an. Der Glaube an Menschen, die sich in Wölfe verwandeln, ist mehr als 4000 Jahre alt. Zahlreiche antike Schriftsteller, unter ihnen Plinius der Ältere und Ovid, berichten von diesen Werwölfen. Auch bei den Brüdern Grimm wird man in der Sage „Der Werwolf" fündig. Sie berichtet von einem Mann, der sich nachts mithilfe eines Gürtels in einen **Werwolf** verwandelt und auf einer Wiese ein Fohlen mit Haut und Haaren frisst.

Wissen spezial

Was bedeutet „Werwolf"?

Das aus dem Mittelalter stammende Wort „Werwolf" bedeutet wörtlich „Mannwolf". Die Silbe „Wer" geht auf das lateinische Wort für Mann, „vir", zurück. Es gibt jedoch auch Sagen, in denen sich Frauen nachts in Werwölfe verwandeln.

Auch dieser Aberglaube hat verschiedene Wurzeln. Oft handeln die Sagen und Berichte von Hirten und Jägern. Es sind Menschen, die sich auf Wiesen und im Wald aufhalten, wo sie leicht in Kontakt mit Tieren kommen, die die Tollwut übertragen. An **Tollwut** erkrankte Menschen ändern ihr Verhalten. Sie können

Die römischen Dichter Ovid und Plinius berichteten von Werwölfen.

Können sich Menschen in Wölfe verwandeln?

kratzen, schlagen, beißen und haben Wahnvorstellungen. Aufgrund von Lähmungen können sie nicht mehr richtig sprechen und es rinnt Speichel aus ihrem Mund. Außerdem kann helles Licht Wutanfälle auslösen. Weil viele dieser Opfer von Füchsen oder Wölfen gebissen worden sind, haben die Menschen lange Zeit nur eine Erklärung: Das an ein Tier erinnernde Verhalten ist das erste Anzeichen dafür, dass sich das Opfer nun selbst in einen Wolf verwandelt. Erst im 19. Jahrhundert wird die Tollwut als eine Krankheit erkannt. Seit dem 20. Jahrhundert kann man sie mit einer Impfung bekämpfen. Immer weniger Menschen glauben nun an Werwölfe. Dafür entdecken Drehbuchautoren und Filmregisseure im 20. Jahrhundert auf der Suche nach neuen Stoffen für Horrorfilme das Werwolfmotiv. Curt Siodmak (1902–2000) fasst die überlieferten Geschichten zusammen und schreibt 1941 das Drehbuch für „Der Wolfsmensch“, den ersten Werwolffilm. Auch in dem Harry-Potter-Roman „Der Gefangene von Askaban“ taucht ein Werwolf auf.

Wissen spezial

Was ist Tollwut?

Tollwut ist eine Viruserkrankung. Das Virus wird meist durch Biss- oder Kratzwunden übertragen, die infizierte Tiere verursacht haben. Nach einem Biss vergehen zwischen drei Wochen und mehreren Monaten, bevor die Krankheit zum Ausbruch kommt.

Goldfieber auf der Kokosinsel

Geheime Schätze und ihre Entdecker

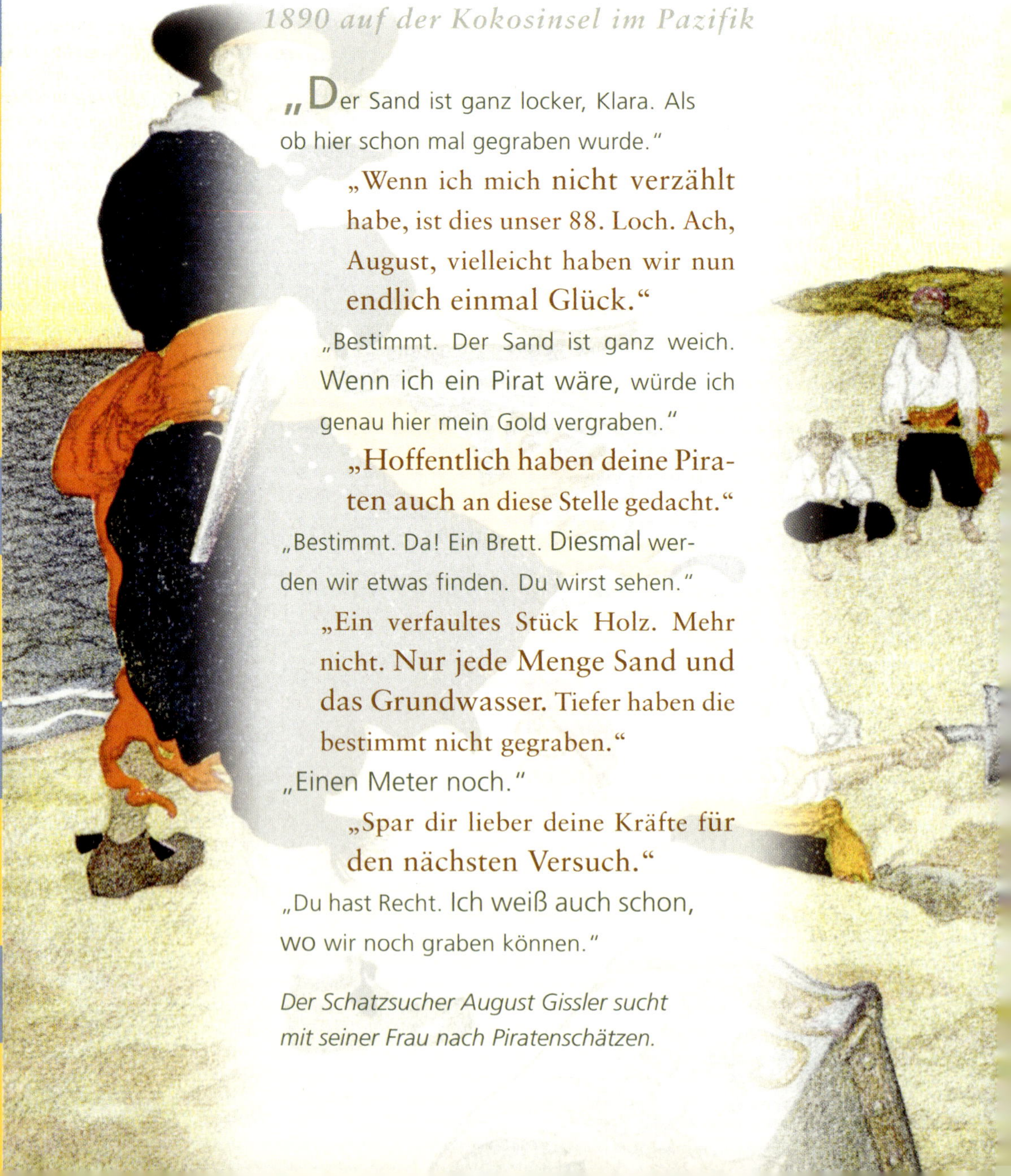

1890 auf der Kokosinsel im Pazifik

„Der Sand ist ganz locker, Klara. Als ob hier schon mal gegraben wurde."

„Wenn ich mich nicht verzählt habe, ist dies unser 88. Loch. Ach, August, vielleicht haben wir nun endlich einmal Glück."

„Bestimmt. Der Sand ist ganz weich. Wenn ich ein Pirat wäre, würde ich genau hier mein Gold vergraben."

„Hoffentlich haben deine Piraten auch an diese Stelle gedacht."

„Bestimmt. Da! Ein Brett. Diesmal werden wir etwas finden. Du wirst sehen."

„Ein verfaultes Stück Holz. Mehr nicht. Nur jede Menge Sand und das Grundwasser. Tiefer haben die bestimmt nicht gegraben."

„Einen Meter noch."

„Spar dir lieber deine Kräfte für den nächsten Versuch."

„Du hast Recht. Ich weiß auch schon, wo wir noch graben können."

Der Schatzsucher August Gissler sucht mit seiner Frau nach Piratenschätzen.

August Gissler (1860–1935) kommt in Altdamm bei Stettin zur Welt, wächst jedoch bei Verwandten am Rhein auf. Die Familie ist nicht wohlhabend, die Aussichten schlecht, und so beschließt er im Alter von 20 Jahren, nach Honolulu auszuwandern. Auf der langen Überfahrt freundet er sich mit dem Portugiesen Manoel Cabral an, der ihm eines Tages von seinem Großvater erzählt. Dieser sei jahrelang als Seeräuber unter dem Kommando des berüchtigten Piratenkapitäns Benito Bonito auf Kaperfahrt gegangen. Das erbeutete Gold hätten die Piraten auf einer unbewohnten Pazifikinsel vergraben, der **Kokosinsel**. Gissler hält die Geschichte für Seemannsgarn und vergisst sie wieder.

August Gissler auf Schatzsuche

Die Kokosinsel im Pazifik

Vergebliche Suche im Sand

Sieben Jahre später arbeitet Gissler auf einer Ananasplantage auf Hawaii. Dort berichtet eines Tages ein anderer deutscher Auswanderer von einer Schatzkarte, die sein Schwiegervater besäße. Sie zeige die genaue Lage eines gewaltigen Piratenschatzes auf einer tropischen Insel an. Als Gissler den Namen der Insel hört, bleibt ihm der Mund offen stehen, denn er lautet: Kokosinsel. Gleich

Wissen spezial

Wo liegt die Kokosinsel?
Die Kokosinsel liegt etwa 500 Kilometer vor der Küste von Costa Rica im Pazifik. Heute gehört sie zum UNESCO-Welterbe und darf nur noch mit besonderer Genehmigung betreten werden.

Ein Piratenschatz ist der Traum jedes Schatzsuchers.

mehrere Piraten, darunter auch die berüchtigten Kapitäne Henry Morgan und Edward Davis, sollen dort ihre Beute vergraben haben. Der größte Schatz ist jedoch der legendäre **Kirchenschatz von Lima**, den ein zwielichtiger Kapitän namens William Thompson 1820 auf der Insel versteckt haben soll.

Gissler ist wie elektrisiert. Er verlässt Hawaii und fährt auf einem Segelschiff nach Costa Rica in Südamerika. Von einer kleinen Hafenstadt aus setzt er 1889 zur Kokosinsel über, die oft im Nebel liegt und nicht leicht zu finden ist. Kaum hat er die geheimnisvolle Insel betreten, fängt er auch schon an zu graben. An verschiedenen Stellen schaufelt er tiefe Löcher, ohne auch nur die geringste Spur von einem Schatz zu finden. Als ihm die Vorräte ausgehen, kehrt er aufs Festland zurück und erwirbt die Erlaubnis, auf der Kokosinsel eine Kolonie zu grün-

Wissen *spezial*

Der Kirchenschatz von Lima

Dieser Schatz besteht aus einer lebensgroßen, goldenen Marienstatue und rund 30 Tonnen Gold, das der spanische Vizekönig 1820 vor Aufständischen in Sicherheit bringen wollte. Kapitän William Thompson übernahm diese Aufgabe, segelte jedoch mit dem Schatz davon.

den. Alleine hat er keine Chance, er braucht unbedingt Hilfe. Er fährt deshalb nach Deutschland und wirbt dort 13 Familien an, denen er Gold im Überfluss verspricht. Er heiratet und kehrt mit etwa 30 Leuten auf die Kokosinsel zurück. Zusammen mit den Siedlern gründet er ein kleines Dorf und betreibt Landwirtschaft. In jeder freien Minute durchwühlen die Schatzsucher die Insel. Doch schon bald merken sie, dass sie nur große Löcher im Sand und im Waldboden hinterlassen. 1895 geben sie die Insel auf. Nur Gissler und seine Frau bleiben und schaufeln weiterhin Löcher. Dabei finden sie immerhin einige goldene Dublonen. Am Ende ihrer Kräfte müssen jedoch auch sie 1908 die Suche aufgeben. Gissler stirbt als armer Mann 1935 in New York. Bis zu seinem Tod ist er davon überzeugt, dass sagenhafte Schätze auf der Kokosinsel liegen.

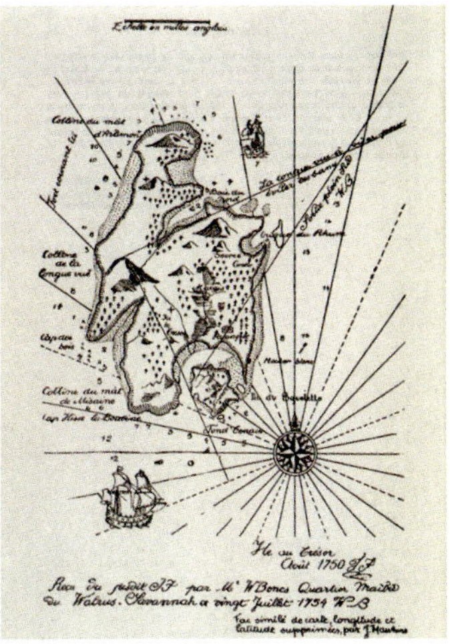

Schatzkarten zeigen den Ort, an dem das begehrte Gold versteckt wurde.

Die Kokosinsel war lange Zeit nur mit kleinen Segelschiffen erreichbar.

Robert Louis Stevenson wurde mit seinem Buch „Die Schatzinsel" berühmt.

Geheimnisvolles Inselgold

Nicht nur August Gissler hört von den Piratenschätzen auf der Kokosinsel, sondern auch der schottische Schriftsteller Robert Louis Stevenson (1850–1894). Im Dezember 1879 reist er nach San Francisco. Dort besucht er einige Hafenkneipen, in denen ihm Seeleute eine merkwürdige Geschichte erzählen. Sie handelt vom verschlagenen Kapitän Thompson und dem sagenhaften Kirchenschatz von Lima. Und von der so geheimnisvollen Kokosinsel. Als Stevenson wieder in Schottland ist, schreibt er seinen weltbekannten Roman „**Die Schatzinsel**". Ist damit die Kokosinsel gemeint? Seit Gisslers Abreise haben mehr als 300 Schatzsucher dort gegraben, ohne auch nur einen der Schätze zu heben. Das heißt jedoch nicht, dass es sie nicht gibt. Die Piraten könnten sie so raffiniert versteckt haben, dass sie kaum zu finden sind. Vielleicht haben auch kleinere Erdbeben die Schätze im Laufe der Zeit verschüttet. Noch heute brechen Expeditionen zur Kokosinsel auf, in der Hoffnung, ihre Geheimnisse vielleicht doch noch zu lüften.

Wissen *spezial*

Spannende Abenteuer auf der Schatzinsel

Der 1883 erschienene Abenteuerroman erzählt von dem Wirtssohn Jim Hawkins, der als Schiffsjunge auf der „Hispaniola" anheuert. Das Schiff ist unterwegs zu einer Schatzinsel, auf der der Schatz des berüchtigten Piratenkapitäns Flint versteckt sein soll.

Zar Peter der Große erhielt das Bernsteinzimmer als Geschenk.

Der größte Schatz aller Zeiten

Archäologen und Historiker sind davon überzeugt, dass weltweit mehrere Tausend verborgene Schätze auf ihre Entdeckung warten. Sie stammen jedoch keineswegs nur von Piraten oder Räubern. Es gibt auch Schätze aus jüngerer Zeit. Einer der wertvollsten ist wahrscheinlich das verschollene Bernsteinzimmer. Als die deutsche Wehrmacht während des Feldzugs gegen die Sowjetunion im Herbst 1941 die Stadt Puschkin erobert, wird auch der Katharinenpalast besetzt. Ein eigens dafür zusammengestelltes Kommando baut das Bernsteinzimmer ab und bringt es nach Königsberg. Dort wird es im Schloss aufbewahrt und ausgestellt. Im August 1944 bombardieren britische Bomber die Stadt und treffen auch das Schloss, das in Flammen aufgeht.

Das Bernsteinzimmer befand sich im Katharinenpalast.

Die Spur verliert sich in Königsberg

Als im April 1945 sowjetische Soldaten die Stadt erobern, fehlt vom Bernsteinzimmer jede Spur. Sofort setzt die sowjetische Regierung unter der Leitung des Offiziers Ale-

Wissen spezial

Was war die Stasi?
Das Ministerium für Staatssicherheit war der Geheimdienst der DDR. Im Volksmund wurde er „Stasi" genannt. Der Geheimdienst hoffte, das Bernsteinzimmer zu finden und es zu einem hohen Preis verkaufen zu können.

xander Brjussow eine Suchkommission ein. Brjussow ist ein gewissenhafter Mann, der zunächst die Ruine des Schlosses auf den Kopf stellen lässt. Dann befragt er jeden Zeugen, den er ausfindig machen kann, und studiert jeden zurückgelassenen Aktenordner. Im Juni 1945 kommt Brjussow zu der Überzeugung, dass das **Bernsteinzimmer** ein Opfer der Flammen wurde. Er forscht jedoch weiter, findet neue Zeugen und Dokumente und erklärt 1955: „Ich glaube, dass das Bernsteinzimmer nicht verloren gegangen ist." Doch wo ist es geblieben? Brjussow vermutet es in einem verschütteten Bunker in Königsberg, in den es rechtzeitig eingelagert wurde.

Längst haben sich auch andere Schatzsucher an die Arbeit gemacht und verfolgen verschiedene Spuren. Sogar die **Stasi** schickt Agenten los. Die Hinweise werden

Thema | **Achtes Weltwunder – das Bernsteinzimmer**

Das Bernsteinzimmer wurde zu Beginn des 18. Jahrhunderts im Auftrag des preußischen Königs Friedrich Wilhelm I. von Bernsteinkünstlern geschaffen. Es ist ein Raum, der vollständig mit Mosaiken und Kunstwerken aus kostbarem Bernstein verkleidet ist. Zunächst wurde es im

Stadtschloss von Berlin eingebaut, wo es als „achtes Weltwunder" bestaunt wurde. Einer der Bewunderer war der russische Zar Peter der Große, der es 1716 als Geschenk erhielt und nach Puschkin südlich von Sankt Petersburg bringen ließ.

Das rekonstruierte Bernsteinzimmer kann seit 2003 besichtigt werden.

im Laufe der Zeit immer verwirrender. Wurde das Bernsteinzimmer im letzten Augenblick auf ein Schiff geladen, das dann gesunken ist? Wurde es nach Thüringen in einen geheimen Stollen geschafft? Oder liegt es, in Kisten verpackt, in den noch immer unerforschten Kellergewölben des längst abgerissenen Königsberger Schlosses? Obwohl im Katharinenpalast seit 2003 ein nach alten Vorlagen und Fotografien gefertigter Nachbau des Bernsteinzimmers zu bewundern ist, geht die Suche nach dem echten Zimmer weiter. Die modernen Schatzsucher, darunter auch viele Journalisten, hoffen, dass das Zimmer nicht verbrannt ist, sondern im Verborgenen auf seine Entdeckung wartet. Sollte es eines Tages tatsächlich gefunden werden, wäre das eine Sensation und einer der größten Schatzfunde aller Zeiten. Der Finder dieses Schatzes würde genauso berühmt werden wie das Bernsteinzimmer selbst.

Ist das ursprüngliche Bernsteinzimmer in einem Stollen versteckt?

Kugelblitze und **blutroter Schnee**

Naturphänomene oder Aberglaube?

1899 in Colorado Springs, USA

„Alle Apparate sind aufgebaut, es kann losgehen. Ich werde zunächst die Spannung ganz langsam erhöhen. Mit dem neuen Regler ist das kein Problem.

Der von mir entwickelte Transformator scheint gut zu arbeiten. Wenn alles klappt, kann ich schon bald elektrische Energie drahtlos übertragen. Jetzt müsste es zu ersten Entladungen kommen. Es knistert bereits in der Luft. Aber in diesem Käfig hier kann mir nichts passieren. Was ist das? Eine leuchtende Kugel? Fantastisch! Eine sonderbare Erscheinung. Erinnert mich an diese Geschichten von den Kugelblitzen. Scheint doch etwas dran zu sein.

Vielleicht habe ich ja gerade zufällig einen dieser Kugelblitze erzeugt. Ob ich sie für die Energieübertragung einsetzen kann?"

Der Physiker Nikola Tesla erzeugt in seinem Labor bei Hochspannungsversuchen einen Kugelblitz.

Nikola Tesla wird 1886 in Smiljan, einem kleinen Dorf in Kroatien geboren. Er ist ein sehr guter Schüler, denn er hat ein fotografisches Gedächtnis und kann schnell ganze Bücher auswendig lernen. Nach der Schule studiert er zunächst in Graz, dann in Prag und Budapest Elektrotechnik. Einen Abschluss macht er jedoch nicht, sondern versucht, als Erfinder zu arbeiten. Schon als Student entwickelt er die Idee, **Wechselstrom** einzusetzen, um elektrische Energie zu übertragen und Elektromotoren anzutreiben. Im Jahr 1884 wandert er in die USA aus, um dort für die Firma von Thomas Edison (1847–1931) zu arbeiten. Der amerikanische Erfinder lehnt jedoch Teslas Idee vom Wechselstrom ab. Daraufhin gründet Tesla seine eigene Firma. In seinem Labor entwickelt er die heute allgemein verbreitete Wechselstromtechnik.

Wissen spezial

Wie entsteht Wechselstrom?
Im Gegensatz zum Gleichstrom, bei dem Plus- und Minuspol immer gleich bleiben, wechseln beim Wechselstrom Plus- und Minuspol ständig. In Deutschland wechselt die Polung 100-mal in der Sekunde, das entspricht einer Frequenz von 50 Hertz. Wechselstrom kann über große Entfernungen besser transportiert werden als Gleichstrom.

Geheimnisvolle leuchtende Kugel

Bei seinen Versuchen, elektrische Energie auch drahtlos zu übertragen, erzeugt Tesla 1899 zufällig eine leuchtende Kugel. Er kennt sie aus verschiedenen Büchern, die von Kugelblitzen berichten. Tesla schenkt ihr keine besondere Aufmerksamkeit, denn er will seine Experimente fortsetzen. Dennoch notiert er den Vorfall in seinem Tagebuch. Da Kugelblitze nur sehr selten auftreten, gibt es nur wenige Augenzeugen. Lange Zeit glauben Forscher, dass Kugelblitze gar nicht existieren. Meist werden sie für optische Täuschungen gehalten. Trotzdem gibt es immer wieder Menschen, die glaubhaft von leuchtenden Kugeln berichten, die für kurze Zeit durch einen Raum

Edison: Konkurrent Teslas

Nicola Tesla war den Geheimnissen der Elektrizität auf der Spur.

Wissen spezial

Leuchtendes Plasma

Plasma ist ionisiertes Gas, es besteht also aus elektrisch geladenen Atomen oder Molekülen. Seine Leuchtfähigkeit wird zum Beispiel in Leuchtstoffröhren, Energiesparlampen oder Plasmabildschirmen genutzt.

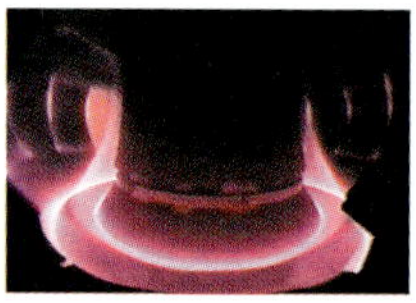

geschwebt sind oder sogar Wände durchdrungen haben, ohne sie zu beschädigen. Vom römischen Philosophen Seneca oder Karl dem Großen ist etwa überliefert, dass sie Zeugen eines Kugelblitzes geworden sind. Nach der Entdeckung der Elektrizität vermuten Wissenschaftler und Erfinder wie Nikola Tesla, dass Kugelblitze durch elektromagnetische Wellen entstehen, also Energiewellen, die von einer Strahlungsquelle ausgesandt werden, wie zum Beispiel Radiowellen, Röntgenstrahlen, Mikrowellen oder die ultraviolette Strahlung (UV-Strahlen) der Sonne. Einer der ersten Forscher, die sich ernsthaft mit Kugelblitzen befassen, ist der russische Physiker Pjotr Kapiza (1894–1984). Der spätere Nobelpreisträger wird neugierig, als er selbst einen Kugelblitz beobachtet. Er vermutet, dass Kugelblitze aus **Plasma** bestehen, das sich unter bestimmten Bedingungen während

Geheimnis gelüftet: Kugelblitze werden im Labor künstlich erzeugt.

eines Gewitters bildet. Diese Idee verfolgen verschiedene Forscher weiter. Im Jahr 2000 gelingt es schließlich Physikern der Universität von Sankt Petersburg in Russland, eine 20 Zentimeter große Plasmakugel zu erzeugen. Wissenschaftler der Humboldt-Universität in Berlin und des Max-Planck-Instituts in Garching bei München wiederholen das Experiment 2006 und zeigen, dass es sich um ein ganz natürliches elektrisches Phänomen handelt.

Der Seefahrer Magellan beobachtete ein Elmsfeuer.

Feuer an Bord!

Am 10. August 1519 bricht der portugiesische Seefahrer Ferdinand Magellan (1480–1521) zur ersten Weltumsegelung der Geschichte auf. Während der Fahrt über den Atlantik scheinen plötzlich Flammen an den Mastspitzen zu lodern. Magellan schreibt in sein Logbuch: „In einer dunklen Nacht erschien das St.-Elms-Feuer uns gleich einer leuchtenden Fackel auf dem Großtopp und blieb dort etwa zwei Stunden lang. Bei seinem Verschwinden goss es eine solche Fülle von Licht über das Schiff aus, dass es uns fast blendete.“

Magellans Eintrag ist nicht der einzige Bericht über die seltsame Lichterscheinung, die manchmal während eines Gewitters an Masten oder Kirchturmspitzen zu sehen ist.

Nicola Tesla erzeugte in seinem Labor künstlich Blitze.

Blitze und Elmsfeuer sind elektrische Entladungen.

Lange Zeit halten die Menschen diese Erscheinung für ein himmlisches Zeichen und benennen es daher nach dem Schutzheiligen des Feuers und der Seeleute, Erasmus von Antiochia (240–303), auch Elmo genannt. Erst nach der Entdeckung der Elektrizität erkennen Forscher, dass es sich bei dem St.-Elms-Feuer wie bei dem Kugelblitz um eine elektrische Entladung handelt, die wie Blitze bei Gewittern auftritt. Dabei wird Luft zwischen zwei Elektroden, vergleichbar den beiden Kontakten einer Batterie, zum Leuchten gebracht. Eine Elektrode ist dabei eine Mastspitze, die andere die Atmosphäre. Die Energie liefert der Ladungsunterschied zwischen dem Schiff und den Wolken. In der Nähe eines St.-Elms-Feuers besteht eine große Gefahr von Blitzschlägen. Ein St.-Elms-Feuer könnte auch für die **Katastrophe der Hindenburg** verantwortlich sein.

Ein Schiffsmast kann als Elektrode funktionieren.

Moorlichter führen in die Irre

Lange Zeit wird auch das in Mooren und Sümpfen auftretende sogenannte Irrlicht als reiner Aberglaube abgetan, obwohl Wanderer immer wieder berichten, von einem

Volksglaube: Irrlichter führen den Wanderer zu einer Moornixe.

Licht in die Irre geführt worden zu sein. Im Volksglauben gelten die Irrlichter sogar als unheimliche Zeichen von Geistern oder Seelen, die nicht erlöst worden sind. Für diese sehr seltene Lichterscheinung gibt es jedoch zwei natürliche Erklärungen. Zum einen steigen in manchen Moorseen oder Teichen brennbare Faulgase auf, die sich an der Luft entzünden können und so für einige Sekunden als Flamme aufleuchten. Zum anderen gibt es Pilze wie den Hallimasch,

Thema **Die Hindenburg-Katastrophe**

Der 1936 gebaute Zeppelin LZ 129 mit dem Namen „Hindenburg" war mit seinen 246,7 Metern Länge das größte Luftfahrzeug aller Zeiten. 63 Mal überquerte das Luftschiff erfolgreich den Atlantik. Doch am 6. Mai 1937 kam es zur Katastrophe. Als das Schiff in Lakehurst bei New York den Ankermast erreichte, entzündete sich der Wasserstoff. Das Schiff ging in Flammen auf, 35 Menschen starben. Als Ursache vermutet man eine elektrische Entladung oder ein St.-Elms-Feuer, das durch ein Gewitter entstanden war.

Irrlichter im Moor

die die Eigenschaft der **Biolumineszenz** besitzen. Für einige Zeit kann das Wurzelgeflecht sogar die von ihm durchwucherten Baumstümpfe zum Leuchten bringen. Auch der Fruchtkörper selbst leuchtet. In dunklen Nächten mag dieses schwache Leuchten für die Lichter eines entfernten Gebäudes oder Dorfes gehalten werden.

Wissen spezial

Was ist Biolumineszenz?
Biolumineszenz ist die Eigenschaft von Pflanzen oder Tieren, leuchten zu können. Am bekanntesten für diese Eigenschaft sind die Glühwürmchen. Auch Tiefseefische können Licht ausstrahlen. Hervorgerufen wird das Leuchten durch chemische Prozesse in den Zellen.

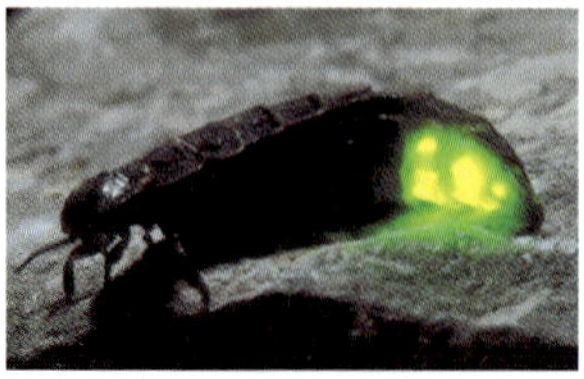

Wie kommt das Blut in den Schnee?

Als der schottische Polarforscher John Ross (1777 – 1856) im November 1818 von seiner Grönlandexpedition nach England zurückkehrt, hat er auch eine Ladung seltsamen Schnee von den dortigen Gletschern an Bord. Ein Teil ist bereits geschmolzen, dennoch ist die Sensation perfekt, denn der Schnee ist blutrot. Staunend betrachten Zeitungsreporter und Forscher das Mitbringsel. Einige haben sogar schon einmal von dem Blutschnee gelesen, denn der grie-

Der Hallimaschpilz leuchtet in der Nacht.

chische Philosoph Aristoteles (384–322 v. Chr.) berichtet, dass er manchmal im Gebirge zu finden sei. Erst der Fund von John Ross aber beweist, dass sich hinter den Berichten über blutroten Schnee kein Aberglaube verbirgt. Es dauert jedoch noch viele Jahre, bevor Wissenschaftler eine einfache Erklärung dafür finden. Eine Gattung von Algen mit dem lateinischen Namen **Chlamydomonas** ist für die rote Färbung verantwortlich. Kaum ist diese Erklärung gefunden, glaubt man auch den Berichten von Eisbergen mit roten Flecken oder Streifen. Einer dieser Eisberge wird im März 2008 gesichtet. Da des Rätsels Lösung nun bekannt ist, gibt es auch keinen Zweifel an den Aussagen der Entdecker mehr. Rote Eisberge sind kein Seemannsgarn, sondern eine Naturerscheinung.

Wissen spezial

Chlamydomonas im Schnee

Die Algen gehören zu den Grünalgen und wachsen auf dem Schnee. Da im Gebirge oder in den Polargebieten das Sonnenlicht sehr intensiv ist, bilden sie den roten Farbstoff, um sich vor den gefährlichen UV-Strahlen der Sonne zu schützen.

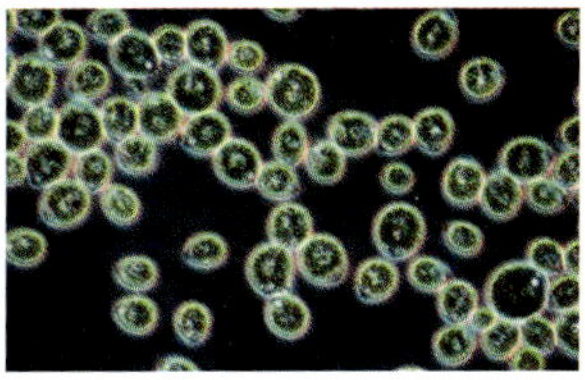

Rätsel gelöst: Für den Blutschnee sind Algen verantwortlich.

Stimmen aus dem Jenseits?

Übernatürliches natürlich erklärt

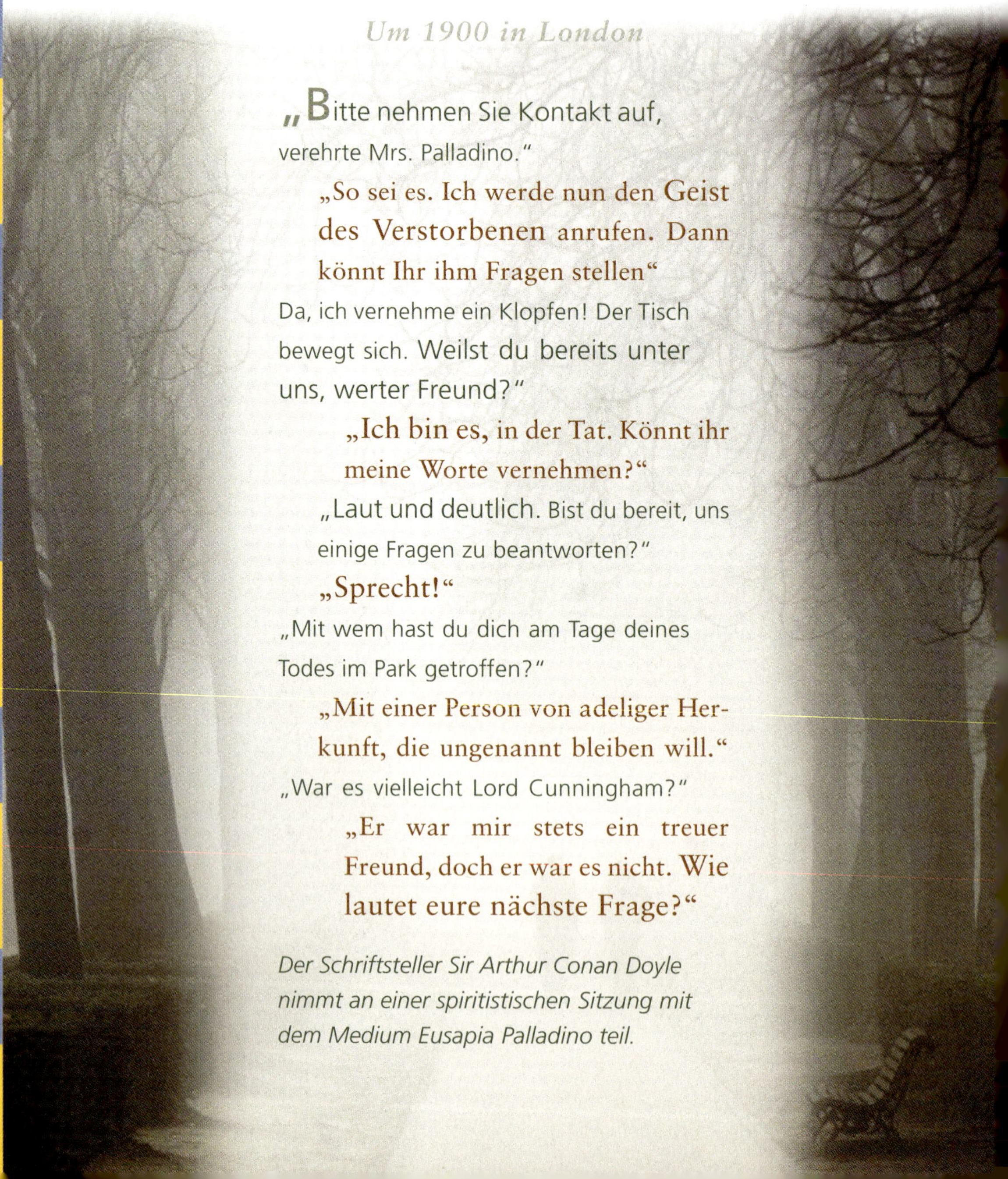

Um 1900 in London

„Bitte nehmen Sie Kontakt auf, verehrte Mrs. Palladino."

„So sei es. Ich werde nun den Geist des Verstorbenen anrufen. Dann könnt Ihr ihm Fragen stellen“

Da, ich vernehme ein Klopfen! Der Tisch bewegt sich. Weilst du bereits unter uns, werter Freund?"

„Ich bin es, in der Tat. Könnt ihr meine Worte vernehmen?“

„Laut und deutlich. Bist du bereit, uns einige Fragen zu beantworten?"

„Sprecht!“

„Mit wem hast du dich am Tage deines Todes im Park getroffen?"

„Mit einer Person von adeliger Herkunft, die ungenannt bleiben will.“

„War es vielleicht Lord Cunningham?"

„Er war mir stets ein treuer Freund, doch er war es nicht. Wie lautet eure nächste Frage?“

Der Schriftsteller Sir Arthur Conan Doyle nimmt an einer spiritistischen Sitzung mit dem Medium Eusapia Palladino teil.

Sir Arthur Conan Doyle (1859–1930) ist nicht nur Arzt, sondern auch einer der bekanntesten Schriftsteller der Welt. Geboren wird er in Edinburgh, Schottland, lebt aber seit 1890 in London. Dort hat auch die Figur des vom ihm erfundenen Detektivs Sherlock Holmes seine Wohnung. Holmes ist für seine streng wissenschaftliche und logische Ermittlungsarbeit berühmt. Übernatürliche Phänomene haben in seiner Welt keinen Platz. In dem 1901 entstandenen Roman „Der Hund der Baskervilles“ entlarvt er einen nachts geheimnisvoll leuchtenden Geisterhund als ein von einem Verbrecher abgerichtetes und mit Phosphor behandeltes Tier.

Was steckt hinter dem geheimnisvoll leuchtenden „Hund der Baskervilles“?

Mit den Toten sprechen?

Denn von krummen Tricks lässt Sherlock Holmes sich selten beeindrucken, schon gar nicht glaubt er an Geister. Ganz im Gegensatz zu seinem Schöpfer, Sir Arthur Conan

Sherlock Holmes enträtselt auch das Übernatürliche.

Wissen spezial

Womit befasst sich der Spiritismus?

Als Spiritismus (von lateinisch spiritus „Geist") bezeichnet man den Glauben, dass die Seelen von Verstorbenen im Jenseits als Geister weiterleben. Übersinnlich begabte Menschen, sogenannte Medien, sollen mit diesen Geistern Kontakt aufnehmen können.

Doyle, der ein begeisterter Anhänger des Spiritismus ist. Der Schriftsteller lebt in einer Zeit, in der sich viele Menschen mit Geistern und anderen übernatürlichen Wesen befassen. Zwischen 1850 und 1920 werden Menschen, die sich Medium nennen und angeblich mit Verstorbenen Kontakt aufnehmen können, wie Stars behandelt.

Ein solch berühmtes Medium ist Daniel Dunglas Home (1833–1886), der sogar von Königen und Herrschern eingeladen wird, wie dem russischen Zar Alexander II. und Napoleon III. Auch reiche Bürger nehmen gerne an seinen Séancen teil, die Home nutzt, um der Welt seine Fähigkeiten vorzuführen. Er lässt Verstorbene sprechen und bringt aus dem Nichts Akkordeonmelodien zum Klingen. Am Ende schwebt er selbst durch den Raum. Natürlich ist sein Publikum tief beeindruckt. Niemand mag an seinen Fähigkeiten zweifeln. Auch Conan Doyle setzt sich mit dem Wirken Homes auseinander und hält ihn für das größte Medium aller Zeiten. Viele Wissenschaftler, vor allem aber Zauberkünstler misstrauen ihm. Der bekannteste von ihnen ist John Henry Anderson (1814–1874), der schon im Alter von 17 Jahren als Magier auftritt. Er kennt alle Tricks und weiß daher, wie leicht es ist, Menschen zu täuschen. Ihm macht es Spaß, in

Auch Zar Alexander II. liebte Séancen.

seine Auftritte nachgestellte Séancen einzubauen und so die Tricks der Medien zu entlarven. Er zeigt, dass nicht Verstorbene sprechen, sondern die Medien nur hervorragende Bauchredner sind.

Wissen spezial

Was macht man bei einer Séance?
Eine Séance ist eine Sitzung von Spiritisten. Meist versammeln sie sich bei Kerzenlicht um einen Tisch und fassen sich bei den Händen, während ein Medium angeblich die Geister anruft, die sich dann durch Klopfen bemerkbar machen sollen.

Die Elfen von Cottingley

Davon jedoch lässt sich Conan Doyle nicht beeindrucken. Zufällig erfährt er 1920 von geheimnisvollen Fotos, die zwei Mädchen von Elfen gemacht haben wollen. Als die Fotos vor ihm liegen, ist Doyle sofort überzeugt davon, endlich einen unwiderlegbaren Beweis für Geister und Elfen gefunden zu haben. Aufgenommen haben die Fotos Frances Griffiths, zehn Jahre, und ihre Kusine Elsie Wright, 16 Jahre alt, aus dem nordenglischen Dorf Cottingley. Daher werden die mysteriösen Wesen „Elfen von Cottingley“ genannt. Eines der Fotos zeigt Frances, umgeben von fünf, etwa 30 Zentimeter großen, tanzenden Elfen. Auf einem anderen Foto ist Elsie mit einem Zwerg zu sehen. Die Fotos hatten die beiden Mädchen bereits 1917 hinter dem Haus der Wrights geschossen und zuerst nur ihren Eltern gezeigt, um zu beweisen, dass sie mit Elfen spielen.

In Irland und England war der Glaube an Elfen weitverbreitet.

Sogar die englische Presse veröffentlichte Berichte über Elfen.

Conan Doyle ist so überzeugt von der Echtheit der Aufnahmen, dass er zunächst einen Artikel im **Strand Magazine** und 1922 sogar ein Buch mit dem Titel „Die Ankunft der Feen“ veröffentlicht. Auch ein Gutachter, dem die Fotos gezeigt werden, hält die Aufnahmen für echt. Ein anderer Experte für Fotografie glaubt jedoch an eine Fälschung. In der Öffentlichkeit wird Conan Doyle ausgelacht. Einige Journalisten halten ihn für verrückt. Dennoch geht der berühmte Schriftsteller weiter zu Séancen und hält bis zu seinem Tod am Geister- und Elfenglauben fest.

Wissen spezial

Was ist das Strand Magazine?
Das Strand Magazine war eine englische Zeitschrift, die zwischen 1891 und 1950 monatlich erschien. In ihr veröffentlichte Sir Arthur Conan Doyle unter anderem die Abenteuer von Sherlock Holmes, bevor sie als Bücher auf den Markt kamen.

Erst in hohem Alter von 83 Jahren gibt Elsie Wright zu, ihr geheimnisvolles Bildmotiv gefälscht zu haben. Die beiden Mädchen hatten Elfenfiguren aus einem Märchenbuch abgezeichnet, ausgeschnitten und mit Hutnadeln am Boden befestigt. Auch die Tricks von Daniel Dunglas Home werden nach und nach gelüftet. So wird nach seinem Tod in einer Schublade eine winzige Mundharmonika gefunden, die er unter seinem mächtigen Schnauzbart unbemerkt spielen konnte, um Akkordeonklänge vorzugaukeln. Obwohl es für die vermeintlich übernatürlichen Phänomene also immer eine natürliche Erklärung gibt, glauben auch heute noch Menschen an Geister und daran, dass man mit Verstorbenen Kontakt aufnehmen kann.

Mit einer Mundharmonika täuschte Daniel Home Klänge aus dem Jenseits vor.

Geisterschiff in Sicht!

Seit Jahrhunderten berichten Seeleute immer wieder von Geisterschiffen, die plötzlich aus dem Nichts auftauchen und ohne Besatzung auf den Weltmeeren unterwegs sein sollen. Am bekanntesten ist der **Fliegende Holländer**, den

Thema Zum Segeln verdammt – der Fliegende Holländer

Die Sage vom Fliegenden Holländer entstand im 17. Jahrhundert. Sie berichtet von einem holländischen Kapitän, dem es nicht gelingt, das Kap der Guten Hoffnung, die Südspitze Afrikas, zu umsegeln. Immer wieder scheitert er im Sturm. Als er Gott dafür verflucht, wird er zur Strafe selbst mit einem Fluch belegt. Bis ans Ende aller Tage muss er als Geist mit seinem Schiff durch die Wellen kreuzen. Schiffen, denen er dabei begegnet, soll er Unglück bringen.

Seefahrer erzählten von herrenlosen Schiffen auf dem Ozean.

im 18. und 19. Jahrhundert viele Seefahrer gesichtet haben wollen. Ein anderes berühmtes Geisterschiff ist die „Seeschwalbe“, ein Segelschiff mit zwei Masten, das am 23. Oktober 1921 auf der Ostsee in einem Sturm in Seenot gerät. Zum Glück kann die Besatzung gerettet werden. Das Schiff aber versinkt in den Wellen. Eine gute Woche später taucht die „Seeschwalbe“ jedoch 80 Seemeilen entfernt vor der Küste auf und strandet. „Ein Geisterschiff!“, raunen die Zeugen dieses Vorfalls. „Das Schiff ist verflucht und wurde vom Meer wieder ausgespuckt!“ Als sich einige Fachleute an Bord begeben, können sie nur schmunzeln. Sie stellen nämlich fest, dass der Schiffsrumpf ein Loch hat und der **Steinballast** fehlt. Beim Auftreffen auf den Meeresboden war der Rumpf beschädigt worden und der Ballast herausgefallen. So konnte das

Schiffsladung

leichte Holzschiff wieder auftauchen und wurde von der Strömung an Land getrieben.

Diese Art Geisterschiffe ist keine Seltenheit. Vor allem in der Zeit der großen Segelschiffe zwischen dem 14. und dem 19. Jahrhundert sinken viele Schiffe mit Salz oder Salpeter an Bord. Sobald sich die schwere Ladung im Wasser auflöst, tauchen einige der hölzernen Schiffe wieder aus der Tiefe auf und treiben dann über die Meere. Auch fallen manchmal ganze Schiffsbesatzungen innerhalb weniger Tage der Pest zum Opfer. Begegnen abergläubische Seeleute einem solchen Schiff, das nur Leichen an Bord hat, berichten sie später von einem Geisterschiff. Allein im Jahr 1900 werden mehr als 200 treibende Schiffe oder Wracks gesichtet. Geisterschiffe sind also kein Seemannsgarn.

Auch heute entdecken Kapitäne und Seenotretter nach Stürmen immer wieder Schiffe, die von ihren Besatzungen aufgegeben wurden. Nur Geister erwartet niemand mehr an Bord.

Wissen *spezial*

Wozu brauchen Schiffe Steinballast?

Segelschiffe hatten früher große Steine als Ballast im Kielraum, damit der Schwerpunkt des Schiffes möglichst tief lag. So sollte die Stabilität des Schiffes vor allem bei hohem Seegang verbessert werden. Heutige Segelschiffe haben einen sogenannten Ballastkiel aus Eisen oder Beton.

Gestrandete Schiffe wurden früher oft für Geisterschiffe gehalten.

Wer knackt den Code?

Geheimschriften und verschlüsselte Botschaften

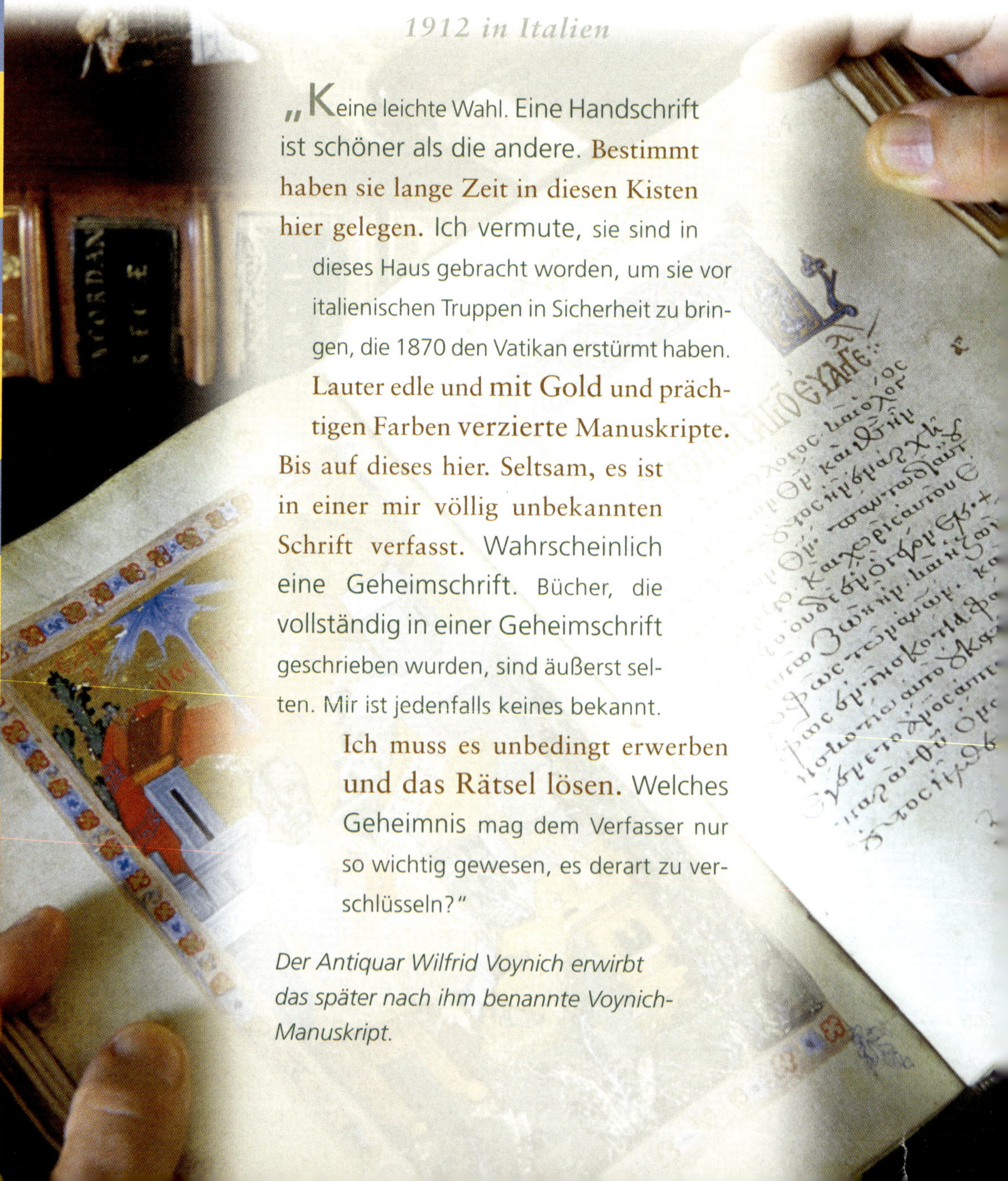

1912 in Italien

„Keine leichte Wahl. Eine Handschrift ist schöner als die andere. Bestimmt haben sie lange Zeit in diesen Kisten hier gelegen. Ich vermute, sie sind in dieses Haus gebracht worden, um sie vor italienischen Truppen in Sicherheit zu bringen, die 1870 den Vatikan erstürmt haben. Lauter edle und mit Gold und prächtigen Farben verzierte Manuskripte. Bis auf dieses hier. Seltsam, es ist in einer mir völlig unbekannten Schrift verfasst. Wahrscheinlich eine Geheimschrift. Bücher, die vollständig in einer Geheimschrift geschrieben wurden, sind äußerst selten. Mir ist jedenfalls keines bekannt.

Ich muss es unbedingt erwerben und das Rätsel lösen. Welches Geheimnis mag dem Verfasser nur so wichtig gewesen, es derart zu verschlüsseln?"

Der Antiquar Wilfrid Voynich erwirbt das später nach ihm benannte Voynich-Manuskript.

Der Apotheker Michael Wilfrid Voynich (1865–1930) kann 1890 aus einem russischen Straflager für politische Gefangene in Sibirien fliehen und nach England entkommen. Mit etwas Glück gelingt es ihm, in London ein kleines **Antiquariat** zu eröffnen. Schon nach kurzer Zeit ist er sehr erfolgreich und kann in Florenz, Paris und Warschau Zweigstellen gründen. Voynichs Kunden schätzen es besonders, dass er auch seltene und ausgefallene Bücher beschaffen kann. Im Laufe des Jahres 1912 führt ihn eine Reise nach Italien, wo er von jesuitischen Mönchen nach Frascati bei Rom eingeladen wird. Die Jesuiten bieten ihm mehrere alte Handschriften zum Kauf an, darunter auch einen Kodex in einer ihm völlig unbekannten Schrift. Das in vergilbtem Pergament gebundene Buch hat keinen Titel und gibt auch keinen Verfasser an. Voynich wird von dem offenbar mehrere Hundert Jahre alten Buch magisch ange-

Ein Antiquariat kann Geheimnisse bergen.

Wissen spezial

Was kauft man im Antiquariat?
Ein Antiquariat ist eine Buchhandlung für alte, meist seltene und wertvolle Bücher oder Handschriften. Der Antiquar kauft Bücher, die ihm angeboten werden, und besorgt für seine Kunden Bücher aus anderen Antiquariaten.

Das Voynich-Manuskript stammt aus dem Besitz der Kirche.

zogen, erkennt jedoch schnell, dass er die geheimnisvolle Schrift des **Kodex** nicht entschlüsseln kann. Wer könnte dem Geheimnis auf die Spur kommen?

Ein ungelöstes Rätsel

Voynich zeigt das Buch einem bekannten Philosophen der Universität in Pennsylvania. Dieser sieht in den unbekannten Buchstaben voreilig eine Art griechische Schrift. Jedoch schon bald gelingt es anderen Forschern, nachzuweisen, dass er sich getäuscht hat. Wem auch immer Voynich eine Kopie des Buches schickt, kein Experte kommt zu einer wirklich überzeugenden Lösung. Nach Voynichs Tod befassen sich sogar **Kryptologen** verschiedener Geheimdienste mit der Entschlüsselung des nun Voynich-Manuskript genannten Werkes. Doch auch sie können es nicht enträtseln. William Friedman (1891 bis 1969), einer der findigsten Kryptologen der Welt, hält den Text für eine künstliche Sprache, für eine Erfindung, die keinerlei Ähnlichkeit mit einer bekannten Sprache hat. Eine solche Sprache ist jedoch selbst mithilfe von Computern kaum zu entschlüsseln.

Wissen spezial

Was ist ein Kodex?
In der Spätantike und im Mittelalter bestanden Bücher aus mehreren Lagen Pergament oder Papier, die mit Fäden zusammengeschnürt waren. Als Einband dienten zwei Deckel aus Karton oder Holz. Diese Frühform des Buches wird Kodex (Mehrzahl: Kodizes) genannt.

Mithilfe einer Codierschablone kann man Nachrichten verschlüsseln.

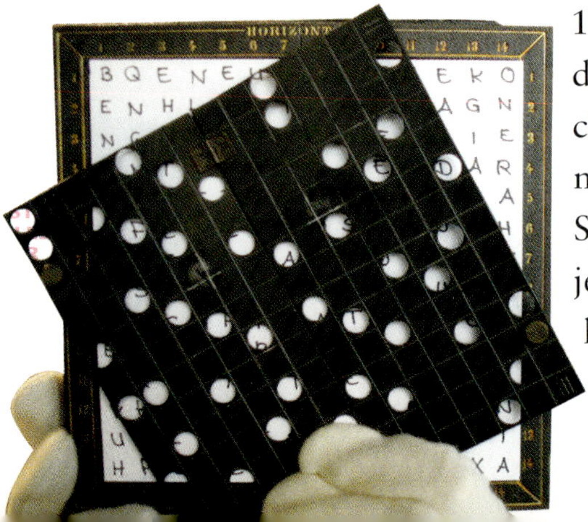

Bis heute ist es nicht gelungen, das Voynich-Manuskript, das wahrscheinlich um das Jahr 1500 entstanden ist, zu lesen. Während verschiedene Forscher weiter rätseln, hat 2007 der österreichische Physiker Andreas Schinner mithilfe eines Computers die Wörter gezählt und dabei festgestellt, dass sie sich regelmäßig wiederholen. Dies ist für einen Text sehr ungewöhnlich. Deshalb hält Schinner das Voynich-Manuskript für den Scherz eines raffinierten Fälschers, der ein Geheimnis vorgaukeln wollte. Schinner glaubt, dass der Text blanker Unsinn ist und keinen zu entschlüsselnden Inhalt besitzt. Nicht alle Forscher halten diese Einschätzung jedoch für richtig und arbeiten weiter, in der Hoffnung, eines Tages in dem Manuskript doch noch auf ein sensationelles Geheimnis zu stoßen.

Mit der „Enigma" wurden im Zweiten Weltkrieg Nachrichten codiert.

Wissen *spezial*

Womit befassen sich Kryptologen?

Die Kryptologie (von griechisch kryptós „versteckt") ist die Wissenschaft von der Verschlüsselung und Entschlüsselung von Nachrichten. Sie befasst sich mit Geheimschriften, Passwörtern, Codes und Zeichensystemen. Kryptologen arbeiten oft bei Geheimdiensten.

Geheimer Code der Bibel?

Beim Voynich-Manuskript lag aufgrund der unbekannten Schrift von vornherein der Verdacht nahe, dass der Text ein Geheimnis birgt. Einige Menschen sind jedoch der Überzeugung, dass auch weithin bekannte Bücher versteck-

Steckt in der Bibel eine Art göttlicher Geheimcode?

te Nachrichten enthalten. Einer von ihnen ist der amerikanische Journalist Michael Drosnin, der 1997 das Buch „Der Bibelcode“ veröffentlicht. In seinem Werk stellt er die erstaunliche These auf, das Alte Testament der Bibel verfüge über einen geheimen **Code**. Wer ihn kenne, erhalte genaue Vorhersagen für die gesamte Weltgeschichte. Sogar Hinweise auf die Ermordung des israelischen Ministerpräsidenten Itzhak Rabin im Jahr 1995 habe er gefunden. Aber wie ist dies möglich?

Drosnin hat den Text des Alten Testaments von einem Computer als eine Art Kreuzworträtsel einrichten und nach Namen durchsuchen lassen, die beim gewöhnlichen Lesen des Textes nicht erkennbar sind. Und tatsächlich tauchen nun, senkrecht oder diagonal gelesen, an bestimmten Stellen die gesuchten Namen auf. „Das kann kein Zufall sein!“, verkündet Drosnin. Denn in einem anderen Buch, etwa in „Moby Dick“, würde auf diese Weise der Name Itzhak Rabin mit Sicherheit nicht zu finden sein. Drosnin ist zwar nicht der Erste, der auf diese Idee gekommen ist, aber sein Buch beeindruckt viele Leser. Sie glauben, dass Gott höchstpersönlich für diesen geheimen Code gesorgt hat, den nur Eingeweihte entschlüsseln können. Wenn dies so wäre, dann wäre die gesamte Geschichte im Text des Alten Testaments verborgen und somit vorherbestimmt.

Das Buch „Der Bibelcode“ wurde ein Bestseller.

Suche nach dem Geheimcode: Ein Computer richtet den Bibeltext nach dem Raster eines Kreuzworträtsels ein.

Moby Dick und die Gesetze der Wahrscheinlichkeit

Als Brandan McKay, Professor für Mathematik an der Universität von Canberra in Australien, Drosnins Buch liest, muss er schmunzeln. Er setzt sich an seinen Computer und gibt den Text von Herman Melvilles berühmtem Roman „Moby Dick" auf die gleiche Weise ein wie Drosnin den Bibeltext. Gespannt wartet er auf das Ergebnis. Und tatsächlich, auch in diesem Text findet der Computer den Namen Itzhak Rabin. Doch nicht nur den. Egal welchen Namen McKay eingibt, ob Abraham Lincoln, John F. Kennedy oder seinen eigenen, der Computer findet ihn. Mit genau diesem Ergebnis hatte der Mathematiker auch gerechnet, denn das Auffinden von Namen und Begriffen hat nichts mit dem Text selbst zu tun, sondern ist nur eine Frage der mathematischen Methode. Die Verteilung der 26 Buchstaben des Alphabets und die Möglichkeit, senkrecht oder diagonal zu lesen, führen automatisch zu einer hohen Zahl von Kombinationen, die rein

Wissen *spezial*

Verschlüsseln mit Codes

Um eine Nachricht zu verschlüsseln, kann man sie in eine scheinbar sinnlose Form bringen, etwa indem man Buchstaben durch andere Buchstaben ersetzt. Die Anweisung, wie die ursprünglichen Daten zu verändern sind, ist der Schlüssel oder Code. Wer den Code kennt, kann die Nachricht entschlüsseln und lesen.

Die Moais, die riesigen Steinfiguren der Osterinsel, geben noch immer Rätsel auf.

zufällig einen Treffer ergeben. Wenn man entsprechend sucht, findet man also in jedem Buch einen Code. Zu bedeuten hat er jedoch nichts, abgesehen von der Tatsache, dass er die Gesetze der Mathematik bestätigt.

Ureinwohner der Osterinsel

Die sprechenden Hölzer der Osterinsel

Nicht immer behalten rätselhafte Texte ihr Geheimnis für sich. So haben Forscher lange Zeit geglaubt, Rongorongo, die Schrift der Ureinwohner der im Pazifik gelegenen Osterinsel, sei nicht zu übersetzen. Insgesamt sind nur 25 Holztafeln mit dieser Schrift erhalten, da **Missionare** alle anderen vernichtet haben. Eine so geringe Textmenge reicht meist nicht aus, um eine Schrift zu entziffern. Trotzdem bemühen sich Forscher seit rund 130 Jahren darum. Welche Geschichte erzählen sie? Von welchen Abenteuern und Erfahrungen berichten sie?

Schließlich fallen dem deutschen Kryptologen Thomas Barthel 1958 eigenartige Symbole auf, die wie Monde aussehen. Könnte zumindest eine der Tafeln ein Mondkalender sein? Barthel ordnet alle Zeichen in einer Tabelle an, die anderen Forschern helfen soll, die geheimnisvolle Schrift eines Tages zu entziffern. Zu Beginn der 1990er-Jahre sieht sich der australische Sprachforscher Jacques Guy die Zeichen noch einmal genau an und kann schließlich sogar die Namen der Tage dieses Kalenders einwandfrei entziffern. Damit ist zwar das ganze Geheimnis der rätselhaften Tafeln noch nicht gelüftet, doch haben die beiden Forscher gezeigt, dass Beharrlichkeit und kleine Schritte irgendwann zum Erfolg führen können. Allerdings nur, wenn es bei den Texten auch tatsächlich etwas zu entschlüsseln gibt.

Bilderschriften sind besonders schwer zu entziffern.

Thema **Missionare – Zerstörung im Namen Gottes**

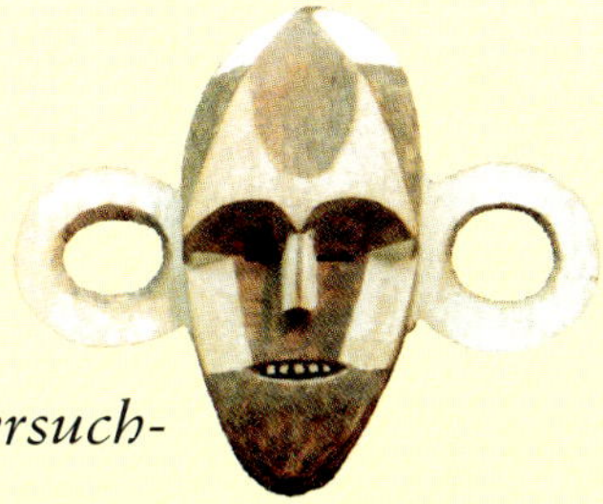

Schon seit dem frühen Christentum zogen Missionare in die Welt hinaus, um ihren Glauben zu verbreiten und Anhänger für ihre Religion zu gewinnen. Dabei versuchten sie stets, die als heidnisch angesehenen anderen Religionen zu unterdrücken, indem sie deren Schriften oder Bilder zerstörten. Als im 18. Jahrhundert Missionare auf die Osterinsel kamen, fanden sie Holztafeln mit einer unbekannten Schrift. Sie vermuteten, dass die Tafeln für religiöse Zwecke genutzt wurden, und verbrannten sie.

Schamanentrommeln
und heilende Hände

Was bewirken Wunderheiler?

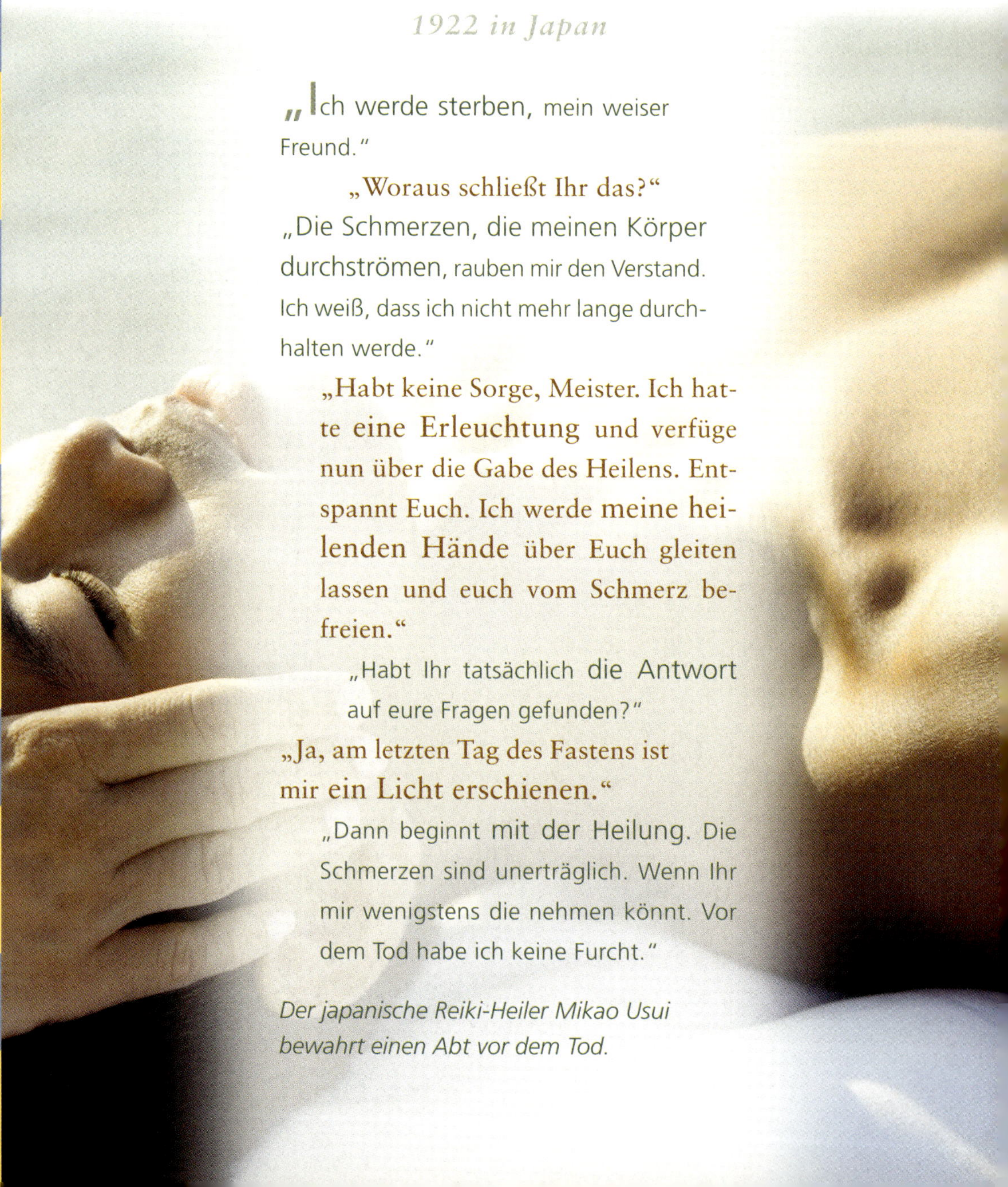

1922 in Japan

„Ich werde sterben, mein weiser Freund."

„Woraus schließt Ihr das?"

„Die Schmerzen, die meinen Körper durchströmen, rauben mir den Verstand. Ich weiß, dass ich nicht mehr lange durchhalten werde."

„Habt keine Sorge, Meister. Ich hatte eine Erleuchtung und verfüge nun über die Gabe des Heilens. Entspannt Euch. Ich werde meine heilenden Hände über Euch gleiten lassen und euch vom Schmerz befreien."

„Habt Ihr tatsächlich die Antwort auf eure Fragen gefunden?"

„Ja, am letzten Tag des Fastens ist mir ein Licht erschienen."

„Dann beginnt mit der Heilung. Die Schmerzen sind unerträglich. Wenn Ihr mir wenigstens die nehmen könnt. Vor dem Tod habe ich keine Furcht."

Der japanische Reiki-Heiler Mikao Usui bewahrt einen Abt vor dem Tod.

Der japanische Geschäftsmann und Buddhist Mikao Usui (1865–1926) entschließt sich eines Tages, seinem Leben einen neuen Sinn zu geben. Er beginnt, mehrere Sprachen zu lernen, besucht Klöster und reist sogar in die USA. In der Bibel und in anderen

Die Bibel berichtet, dass Jesus Blinde geheilt hat.

religiösen Schriften stößt er immer wieder auf Menschen, die allein mit ihren Händen Kranke heilen können, wie zum Beispiel Jesus und Buddha. Von dieser besonderen Gabe ist er so beeindruckt, dass er sie erwerben will.

Mit Händen heilen

Usui kehrt nach Japan zurück und studiert weiter alte Schriften. Der Abt eines Klosters am Fuße des als heilig geltenden Berges Kurama bei Kyoto gibt ihm 1922 den Rat, seine Suche durch eine Fastenkur zu unterstützen. Usui folgt dem Rat und begibt sich auf den Berg, wo er 21 Tage lang fastet. Am letzten Tag ist er stark geschwächt und glaubt, eine

Auch Buddha besaß heilende Kräfte.

Die Kunst des Reiki hat ihren Ursprung in einem japanischen Kloster.

Lichterscheinung am Himmel zu sehen. Er verliert das Bewusstsein und träumt, nun heilende Kräfte zu besitzen. Am nächsten Morgen fühlt er sich gestärkt und kehrt zum Kloster zurück. Beim Abstieg verletzt er seinen Zeh an einem Stein. Als er die blutende Wunde mit seinen Händen berührt, heilt sie in kürzester Zeit. Endlich erreicht er das Kloster. Dort findet er den Abt todkrank vor. Auch bei ihm setzt Usui der Legende nach seine Hände ein und heilt ihn. Usui nennt seine Kunst **Reiki**, in die er bis zu seinem Tod zahlreiche Schüler einweist. Sie verbreiten Usuis Lehre von den heilenden Händen bis nach Europa und Amerika. Auch in Deutschland gibt es Reiki-Anhänger.

Thema Die Lichterscheinungen der Wunderheiler

Viele Wunderheiler berufen sich auf eine Erleuchtung, die sie im Traum, während des Meditierens, des Fastens, nach der Einnahme von Drogen oder während eines Tanzes erfahren haben wollen. Wissenschaftler haben aber eine natürliche Erklärung für das vermeintlich göttliche Zeichen. Unter den genannten Umständen arbeitet unser Gehirn nicht immer wie gewohnt. So wird es zum Beispiel nach sehr langem Fasten nicht mehr ausreichend versorgt. Die Folge können Wahnvorstellungen oder etwa auch Lichterscheinungen sein.

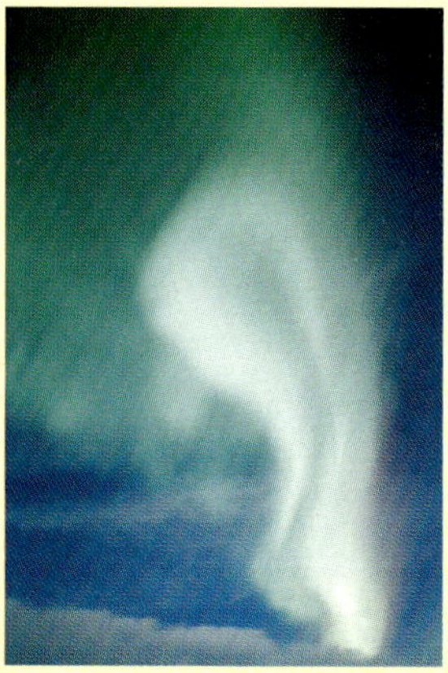

Können Hände heilende Kräfte übertragen?

Wunder oder fauler Zauber?

Mikao Usui ist nicht der einzige Mensch, der davon überzeugt ist, Kranke ohne genaue medizinische Untersuchung, ohne Medikamente, Operationen oder andere Maßnahmen heilen zu können. In der ganzen Welt melden sich regelmäßig Heiler, die auf unterschiedlichste Art und Weise kranke Menschen behandeln. So wird in Deutschland nach dem Zweiten Weltkrieg der Gelegenheitsarbeiter Bruno Gröning (1906–1959) bekannt, der glaubt, von Gott besondere Kräfte erhalten zu haben. In Herford gelingt ihm angeblich die Heilung eines achtjährigen Jungen, der an Muskelschwund leidet. Die behandelnden Ärzte können zwar keine Besserung feststellen, aber die Nachricht seiner Wunderheilung verbreitet sich trotzdem. Bald bitten Tausende Menschen Gröning um Hilfe. Ärzte und Heilpraktiker erstatten jedoch Anzeige: Sie sehen in Grönings Versprechen eine Gefahr , da er ernsthaft erkrankte Menschen glauben lässt,

> **Wissen *spezial***
>
> **Was bedeutet Reiki?**
> Der Begriff Reiki besteht aus den beiden japanischen Wörtern „rei" für Universum und „ki" für Lebenskraft. Oft wird daher Reiki mit „universelle Lebensenergie" oder „Lebenskraft des Universums" übersetzt.

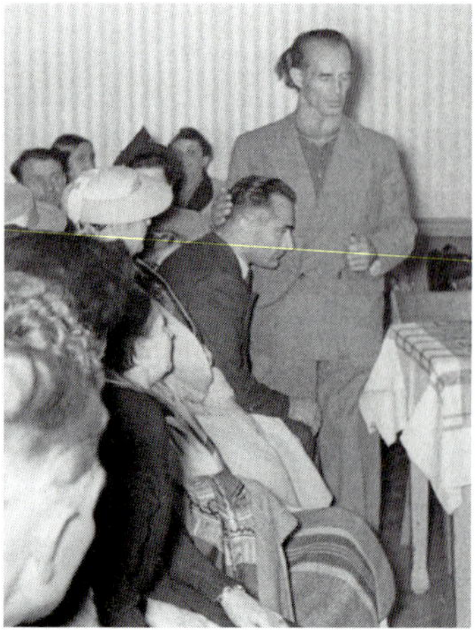

Wunderheiler oder Scharlatan? Bruno Gröning beim Handauflegen

sie seien geheilt. Als ein 17-jähriges Mädchen an Tuberkulose stirbt, nachdem Gröning ihr von einem Arztbesuch abgeraten hat, muss sich der Wunderheiler vor Gericht verantworten und wird wegen fahrlässiger Tötung verurteilt. Kurz darauf erkrankt Gröning selbst und stirbt an Magenkrebs. Bis heute hat er Anhänger, die an seine Wundertaten glauben.

Sind die selbsternannten Wunderheiler also nur Scharlatane oder können sie tatsächlich etwas bewirken? Gröning wurde als Betrüger entlarvt. Aber wie steht es mit Reiki? Einige Wissenschaftler, die Reiki-Heiler beobachtet haben, konnten bislang keinen Beweis für eine Wirksamkeit feststellen.

Schamanen trommeln die Heilung herbei

Vani ist ein Kham und lebt im Altai-Gebirge in Sibirien. Kham ist ein anderer Name für Schamane. Seinen Beruf

Schamanen heilen mit rituellen Handlungen.

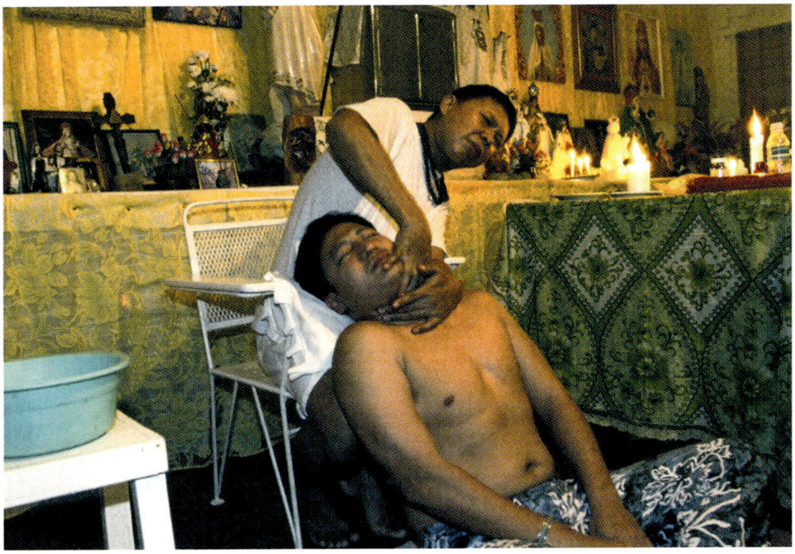

Philippinischer Wunderheiler bei der Arbeit

hat er von seinem Vater gelernt. Ist ein Mitglied seiner Familie oder seines Dorfes krank, schlüpft Vani in sein Schamanenkostüm und entzündet an einem heiligen Ort ein Feuer. Während zwei Gehilfen Trommeln schlagen, beginnt er um das Feuer zu tanzen und sich in einen Zustand der **Trance** zu versetzen. So kann er in die Welt der Geister reisen. Denn der Glaube an die heilenden Fähigkeiten des Schamanen beruht auf der Vorstellung, dass böse Geister den Menschen Krankheiten schicken. Der Schamane jedoch kann Kontakt zu diesen Geistern aufnehmen und das Böse durch bestimmte Rituale vertreiben. Der Kranke, der die Szene von einer Liege aus betrachtet, ist erleichtert, denn er weiß, dass sich der Kham um ihn kümmert und alles tut, um ihn von seiner Krankheit zu befreien.

Der Glaube an die heilende Kraft von Schamanen ist so alt, dass sich seine Spur in der Geschichte verliert. Viele Naturvölker kennen diesen Glauben, aber auch

Wissen spezial

Anderes Bewusstsein in Trance

Trance ist ein Bewusstseinszustand, der durch Trommelrhythmen, rhythmische Tanzbewegungen, Musik oder Drogen hervorgerufen wird. Sie ermöglicht eine durch rationales Denken nicht gestörte Wahrnehmung von Umweltreizen und Vorgängen des eigenen Unterbewussten, die sonst nicht zugänglich sind.

Maske eines Schamanen zum Austreiben böser Geister

in unserer Zeit ist er in Asien oder Mittel- und Südamerika immer noch weitverbreitet.

Warum an Wunderheiler glauben?

Seit der Entdeckung von Viren und Bakterien hat die moderne Medizin große Fortschritte gemacht. Durch Impfungen treten einst tödliche Krankheiten gar nicht mehr auf. War eine Blinddarmentzündung noch vor hundert Jahren fast immer ein Todesurteil, ist heute die rettende Operation ein alltäglicher Eingriff. Jedoch hat die moderne Medizin auch Grenzen. Viele Krankheiten wie etwa bestimmte Arten von Krebs oder auch **Alzheimer** können noch nicht geheilt werden. Trotz der großen Fortschritte in der Schulmedizin suchen aus diesem Grund immer wieder Menschen bei Wunderheilern Hilfe. Sie misstrauen vielleicht den Apparaten in den Krankenhäusern oder weigern sich, eine Diagnose zu akzeptieren. Wunderheiler werden dann als letzte Rettung angesehen. Oft vermitteln sie selbst Todkranken noch Hoffnung. Viele Wissenschaftler halten es für unmöglich, dass ein

Wissen *spezial*

Was ist Alzheimer?
Die Alzheimer-Krankheit wurde 1901 von dem deutschen Arzt Alois Alzheimer (1864–1915) entdeckt. Sie verändert das Gehirn meist alter Menschen, sodass deren Erinnerungsvermögen stark nachlässt. Am Ende können sie selbst Verwandte nicht mehr wiedererkennen.

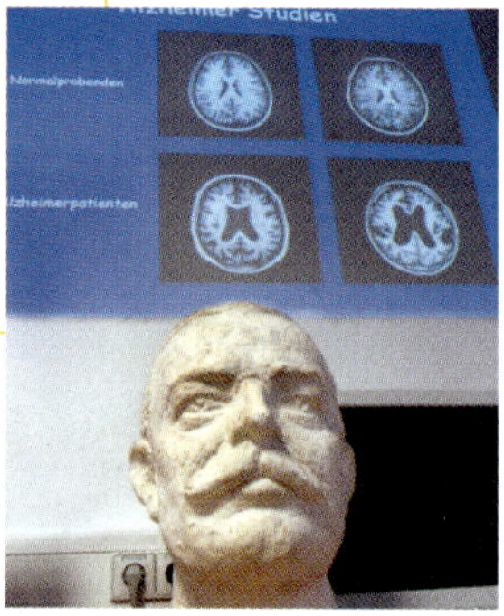

Mensch einen anderen allein durch Handbewegungen, Beschwörungsformeln oder Tänze heilen kann. Tatsächlich kommt es jedoch vor, dass Kranke nach einem Besuch bei einem Wunderheiler gesund werden. Experten haben dafür verschiedene Erklärungen gefunden. In manchen Fällen hat der **Placebo**-Effekt zur Heilung geführt. Hierbei bewirkt der feste Glaube an die Heilung, dass der Körper all seine Kräfte aktiviert und sich so selbst heilt. Jedoch auch von der heilenden Wirkung des Schamanismus ist die moderne medizinische Forschung mittlerweile immer mehr überzeugt. Man weiß heute zum Beispiel, dass die Schamanentrommel das Immunsystem beeinflusst. Der Trommelrhythmus hat eine bestimmte Frequenz, die nachweisbar elektrische Ströme im Gehirn auslöst. In diesem Zustand schüttet der Körper Stoffe aus, die das Immunsystem verbessern. Studien haben ergeben, dass eine schamanische Behandlung bei psychosomatischen Erkrankungen oft wirksamer ist als die Schulmedizin, während die Schulmedizin in der Regel bei offenen Verletzungen, die eine chirurgische Behandlung erfordern, oder bei Infektionen erfolgreicher ist.

Wissen spezial

Wie wirkt Placebo?

Ein Placebo ist ein Medikament ohne jeden Wirkstoff. Tests haben ergeben, dass vor allem bei Rücken- oder Kopfschmerzen Placebos in vielen Fällen wirken. Der Glaube, ein starkes Medikament erhalten zu haben, führt dazu, dass der Schmerz verschwindet.

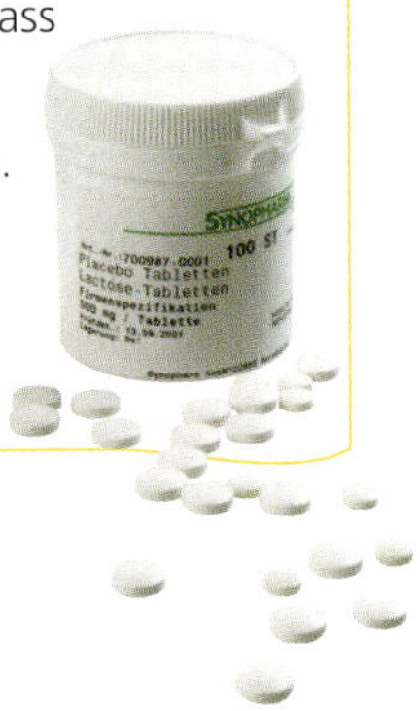

Trommelrhythmen beeinflussen das Immunsystem.

Verschollen im **Bermudadreieck**

Magische Orte dieser Erde

1945 über dem Nordatlantik

„Hier spricht Charles Taylor, der Kommandant von Flug 19. Meine Kompasse sind ausgefallen. Ich versuche, Fort Lauderdale zu finden. Ich fliege über Land, über Inseln. Ich bin sicher, dass es die Florida Keys sind. Aber wo genau wir uns befinden, kann ich nicht feststellen. Wie komme ich zurück zu Fort Lauderdale? Kontrollturm, bitte melden."

„Hier Kontrollturm. Gehen Sie auf Nordkurs. Das ist ohne Kompass kein Problem, da die Sonne im Westen untergeht. Dann müssen Sie Festland erreichen. Ende."

„Immer noch kein Festland. Jetzt geht die Sonne unter. An alle Piloten der Staffel: Dicht zusammenbleiben. Wenn wir nicht bald Land sichten, müssen wir wassern. Wenn beim ersten Flugzeug die Treibstoffanzeige unter 38 Liter fällt, gehen wir alle zusammen runter."

Funksprüche von Leutnant Charles Taylor zum Marinestützpunkt Fort Lauderdale, bevor seine Flugstaffel spurlos verschwindet

Charles Taylor (1917–1945) ist ein mittelmäßiger Marineflieger der amerikanischen Seestreitkräfte. Nach dem Ende des Zweiten Weltkriegs wird er als Fluglehrer auf den Militärflugplatz Fort Lauderdale in Florida (USA) versetzt. Dort erhält Taylor am 5. Dezember 1945 den Auftrag, mit fünf einmotorigen Torpedobombern einen Übungsflug durchzuführen. Die Piloten und Kopiloten dieses Fluges, der als Flug 19 in die Geschichte eingehen wird, sind Anfänger. Taylor hat zwar Flugerfahrung, ist aber über diesem Seegebiet noch nie geflogen. Obwohl sich ein Sturm der Küste nähert, heben die Maschinen pünktlich um 14.10 Uhr ab.

Flug 19 verschwand spurlos über dem Atlantik.

Von Flug 19 keine Spur

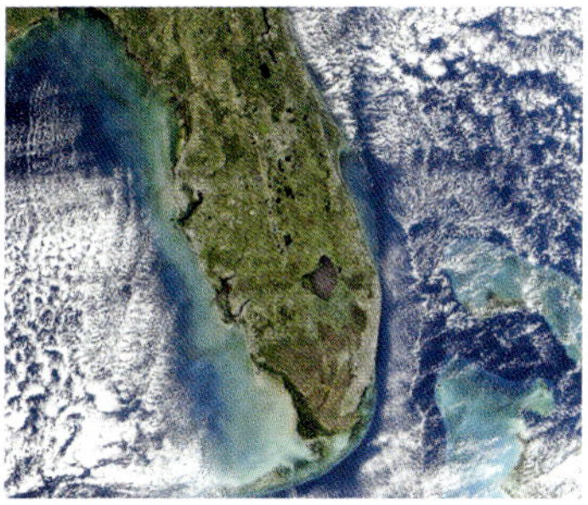

Die Südspitze Floridas mit den Florida Keys

Zunächst verläuft alles planmäßig, doch auf dem Rückflug bemerkt Taylor, dass er vom Kurs abgekommen ist. Er überfliegt die Inselgruppe der Bahamas und glaubt, es seien die Florida Keys, eine Inselgruppe an der Südspitze der Halbinsel Florida. Ein tödlicher Irrtum, denn Taylor führt seine Maschinen nun aufs offene Meer hinaus. Das Wetter verschlechtert sich, und kurz nach Sonnenuntergang haben die Flugzeuge keinen Treibstoff mehr und müssen auf dem Wasser notlanden. Bei den hohen Wellen und völliger Dunkelheit ist dies ohne Bruchlandung nicht möglich. Innerhalb weniger Minuten versinken die Maschinen. Die Marine startet

Tödliche Verwechslung: Taylor hielt die Bahamas für die Florida Keys.

sofort eine große Suchaktion, bei der auch ein Suchflugzeug abstürzt – aufgrund eines technischen Defektes, wie sich später herausstellt. Doch von den fünf Kampfflugzeugen und den 14 Besatzungsmitgliedern fehlt jede Spur.

Vergeblich funken die Piloten um Hilfe.

Verhängnisvolles Bermudadreieck?

Wie jedes Unglück gerät auch dieses allmählich in Vergessenheit. Erst als der amerikanische Schriftsteller Charles Berlitz (1914–2003) im Jahr 1974 ein Buch über das **Bermudadreieck** veröffentlicht, erinnert sich die Welt wieder an den Flug 19. Berlitz macht das Seegebiet im Nordatlantik für das mysteriöse Schicksal der fünf Flugzeuge verantwortlich. Es sei, so versichert Berlitz, einer der geheimnisvollsten und unsichersten Orte der Welt, an dem regelmäßig Flugzeuge und Schiffe spurlos verschwänden. Der Flug 19 sei nur eines von vielen Beispielen. Auch weiß Berlitz von einer großen Zahl von Schiffen, die dort verschollen seien, und das immer bei schönstem Wetter und geführt von erfahrenen Kapitänen. Kurz vor ihrem Verschwinden hätten die Piloten und Kapitäne jedes Mal unverständliche Funksprüche gesendet. Das Buch von Charles Berlitz verkauft sich über 20 Millionen Mal. Wie verzaubert stürzen sich die Leser auf seine Erklärungen, die fantastischer nicht sein können: Außerirdische sollen die Flugzeuge und Schiffe entführt haben, um sie zu untersuchen. Auch hält Berlitz es für möglich, dass der einst untergegangene Kontinent **Atlantis** an dieser Stelle gelegen haben könnte und noch immer unerklärliche magnetische Kräfte von ihm ausgehen.

Wissen spezial

Abenteuerliches Bermudadreieck

Das Bermudadreieck ist ein Seegebiet im Nordatlantik zwischen der Südspitze Floridas, der Insel Puerto Rico und den Bermudainseln. Der Name wurde 1964 von dem amerikanischen Schriftsteller Vincent Gaddis (1913–1997) für eine Abenteuererzählung erfunden.

Thema **Atlantis – geheimnisvolles Inselreich**

Der griechische Philosoph Platon (427–347 v. Chr.) erzählt in seinen Werken „Timaios“ und „Kritias“ vom im Atlantik gelegenen Inselreich Atlantis. Um das Jahr 9600 v. Chr. soll Atlantis vergeblich gegen Athen gekämpft haben und schließlich einer großen Flut zum Opfer gefallen sein. Ob Atlantis, wie Platon es beschrieben hat, tatsächlich existiert hat, ist jedoch mehr als fraglich. Kenner seines Werks gehen davon aus, dass er die Geschichten um das geheimnisvolle Inselreich erfunden hat.

Kapitäne senden merkwürdige Funksprüche aus dem Bermudadreieck.

Weißes Wasser und dichte Nebelbänke

Viele Leser sind begeistert von diesen Vorstellungen. Der amerikanische Pilot Larry Kusche (*1940) jedoch will es 1975 genau wissen. Er befragt Zeugen und lässt sich von der Marine die alten Untersuchungsakten von Flug 19 heraussuchen. Das Ergebnis seiner gründlichen Nachforschungen ist ernüchternd: Schiffe, die laut Berlitz in hervorragendem Zustand waren und bei strahlendem Sonnenschein verschwunden sein sollen, stellen sich als alte, schrottreife Frachter heraus, und am Unglück des Fluges 19 war ein Navigationsfehler des Kommandanten schuld. Und was ist mit dem sagenhaften Atlantis? Unterwasserarchäologen haben in dem Seegebiet so manches alte Schiffswrack aufgespürt, doch keine Spur eines versunkenen Kontinents.

Wissen *spezial*

Was ist Methaneis?

Methan ist ein farb- und geruchloses Gas. Es besteht aus Kohlenstoff und Wasserstoff. In Meerestiefen von 500 bis 2000 Metern kann es vorkommen, dass Methangas von gefrorenem Wasser umschlossen wird. Dann entsteht Methaneis oder Methanhydrat.

Seefahrtexperten wissen heute, dass im Bermudadreieck keineswegs mehr Schiffe in Seenot geraten als anderswo. Und dennoch sind die Umstände oft merkwürdig. Tatsächlich funken die Schiffe nur selten vor dem Untergang Seenot. Und wenn es Funksprüche gibt, dann ist meistens von „weißem Wasser“ und von „dichten

Methangas steigt in Blasen auf und verändert die Dichte des Wassers.

Nebelschwaden“ die Rede. Neuere wissenschaftliche Untersuchungen versuchen eine Erklärung für das Phänomen zu geben. Im Bermudadreieck – und an einigen anderen Orten der Weltmeere – befinden sich gewaltige Schichten **Methaneis** am Boden des Meeres. Werden Teile davon erwärmt oder erschüttert, dann entweicht Methangas, perlt in kleinen Blasen im Wasser nach oben („weißes Wasser“) und steigt über die Wasserfläche auf („Nebelschwaden“). Weil die Gasblasen die physikalische Dichte des Wassers sehr stark verringern, kann das Gas-Wasser-Gemisch ein Schiff nicht mehr tragen und es versinkt.

Rungholt – das Atlantis der Nordsee

Eine weitere dieser geheimnisvollen Geschichten über mysteriöse Orte spielt an der deutschen Nordseeküste. Wie die Überlieferung von Atlantis handelt auch diese Geschichte von einer im Meer versunkenen Stadt. Verschiedene Sagen berichten von der reichen Hafenstadt Rungholt in Nordfriesland, deren Bewohner eitel und trinksüchtig waren und dafür von Gott bestraft wurden. Eine Sturmflut soll sie ausgelöscht haben.

Rungholts genusssüchtige Bürger: von einer Sturmflut ausgelöscht

Wissen *spezial*

Siele entwässern das Festland

Ein Siel ist eine Öffnung in einem Deich, die mit Toren verschlossen werden kann. Sie dient dazu, das Hinterland zu entwässern. Dazu werden die Tore bei Niedrigwasser geöffnet, sodass das in Kanälen (Tiefs) gesammelte Wasser ins Meer abfließen kann.

Bis zum Jahr 1921 glaubt jedoch niemand, dass es diese Stadt wirklich gegeben hat, denn historische Dokumente, die ihren Namen verzeichnen, sind nicht bekannt. Doch dann legen einige kleinere Sturmfluten im nordfriesischen Watt Reste von Gebäuden, Brunnen und Äckern frei. Der Landwirt Andreas Busch aus Nordstrand ist zwar kein Archäologe, aber er ahnt die Bedeutung der sonderbaren Funde. Er liest jedes verfügbare Buch über die Geschichte Nordfrieslands und fängt an, im Watt nach Überresten zu graben und die Funde in Karten einzuzeichnen. Dabei stößt er auch auf ein **Siel**, dessen Eichenbalken er bergen kann. Bald steht für den Hobbyforscher fest, dass er die Reste einer Stadt vor sich hat. Als nun auch noch einige Dokumente in Stadtarchiven auftauchen, in denen der Name Rungholt erwähnt wird, ist die Sensation perfekt: Die sagenhafte Stadt hat tatsächlich existiert. Etwa 2000 Menschen haben in ihr gelebt und Handel mit

Auf der Suche nach der versunkenen Stadt Vineta

Im Laufe der Geschichte sind viele Orte Sturmfluten zum Opfer gefallen.

anderen Seevölkern getrieben. Rungholt ist am 16. Januar 1362 durch die **Zweite Marcellusflut** zerstört worden.

Die Forschungsarbeit von Andreas Busch wird bald allgemein anerkannt. Heute setzen Archäologen seine Arbeit fort. Längst sind sich die Forscher sicher, dass auch andere geheimnisvolle Städte, von denen Sagen erzählen, tatsächlich existiert haben. So wird etwa an der Ostseeküste nach der Stadt Vineta geforscht, die im Mittelalter während einer Sturmflut untergegangen sein soll. Vielleicht wird auch sie eines Tages gefunden.

Wissen spezial

Die Zweite Marcellusflut

Die Zweite Marcellusflut, auch Grote Mandränke genannt, dauerte vom 15. bis zum 17. Januar 1362 und zerstörte viele Orte an der deutschen Nordseeküste. Das Wasser stand 2,40 Meter höher als die höchsten Deiche und gelangte daher weit ins Binnenland. Mindestens 50.000 Menschen starben.

Außerirdische in fliegenden Untertassen

Gibt es UFOs wirklich?

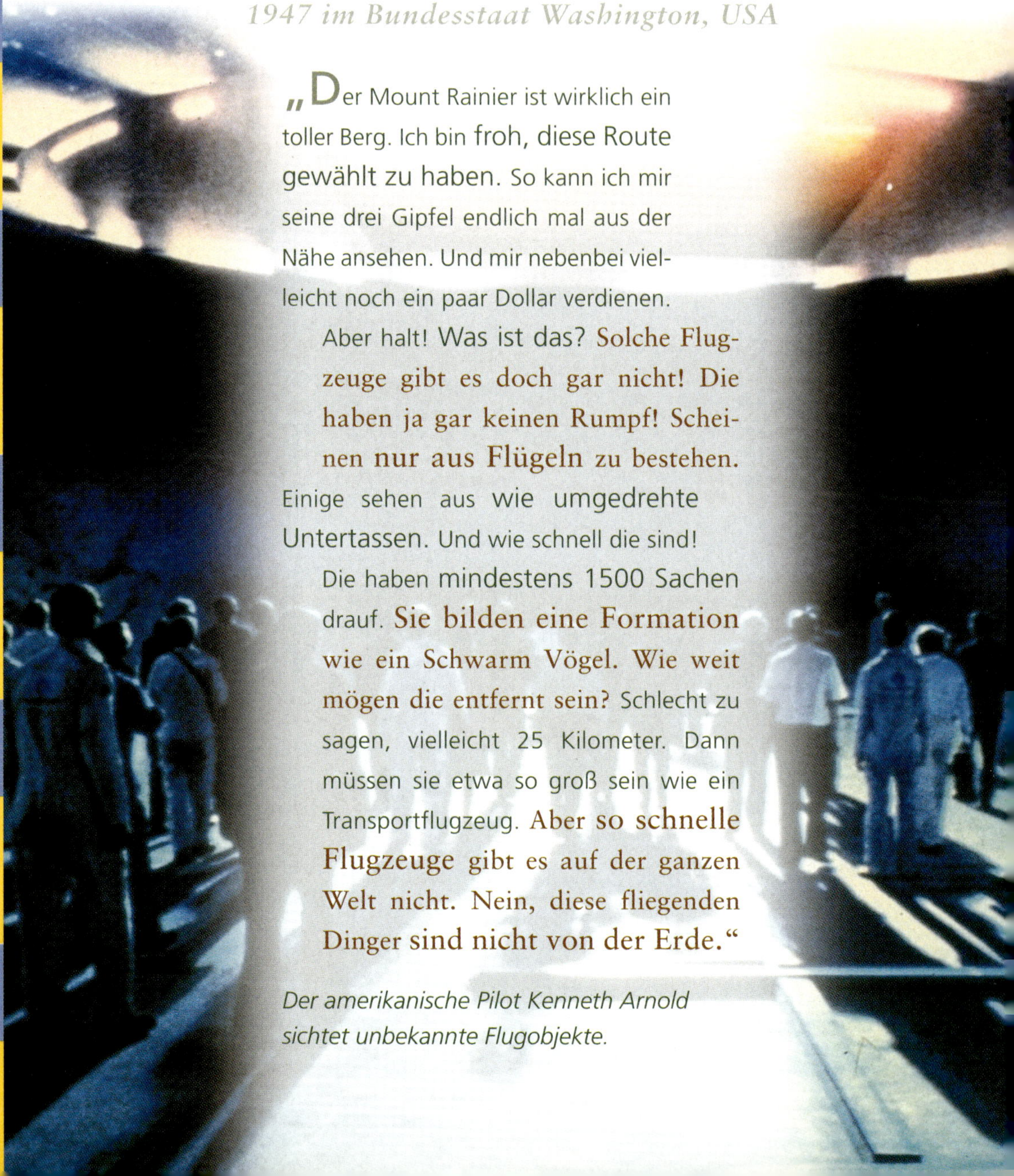

1947 im Bundesstaat Washington, USA

„Der Mount Rainier ist wirklich ein toller Berg. Ich bin froh, diese Route gewählt zu haben. So kann ich mir seine drei Gipfel endlich mal aus der Nähe ansehen. Und mir nebenbei vielleicht noch ein paar Dollar verdienen.

Aber halt! Was ist das? Solche Flugzeuge gibt es doch gar nicht! Die haben ja gar keinen Rumpf! Scheinen nur aus Flügeln zu bestehen. Einige sehen aus wie umgedrehte Untertassen. Und wie schnell die sind!

Die haben mindestens 1500 Sachen drauf. Sie bilden eine Formation wie ein Schwarm Vögel. Wie weit mögen die entfernt sein? Schlecht zu sagen, vielleicht 25 Kilometer. Dann müssen sie etwa so groß sein wie ein Transportflugzeug. Aber so schnelle Flugzeuge gibt es auf der ganzen Welt nicht. Nein, diese fliegenden Dinger sind nicht von der Erde.“

Der amerikanische Pilot Kenneth Arnold sichtet unbekannte Flugobjekte.

Kenneth Arnold (1915–1984) ist ein erfolgreicher amerikanischer Geschäftsmann und Pilot. Daher fährt er nicht mit seinem Auto zu seinen Geschäftspartnern, sondern fliegt mit einer kleinen Privatmaschine kreuz und quer durch die USA. Am 24. Juni 1947 ist er wieder einmal geschäftlich unterwegs. Seine Flugroute führt ihn am 4392 Meter hohen Mount Rainier vorbei. Kurz vor dem Start hat Arnold erfahren, dass ein Transportflugzeug der Luftwaffe irgendwo am Mount Rainier zerschellt ist und 5000 Dollar für das Auffinden des Absturzortes ausgesetzt wurden.

Fliegende Untertassen aus dem Film „Der Kampf der Welten" (1953)

Mysteriöse Objekte am Himmel

Arnold hält seine Augen offen. Doch statt der Trümmer eines Flugzeugs tauchen plötzlich im Sonnenlicht glitzernde Flugobjekte vor ihm auf. Zunächst kann er sie nicht

Kenneth Arnold will am Mount Rainier mysteriöse Flugobjekte gesehen haben.

Manche Menschen hoffen, dass eines Tages Außerirdische die Erde besuchen.

erkennen, schließlich aber glaubt er, neun sichel- oder kreisförmige Objekte auszumachen, die mit unvorstellbar hoher Geschwindigkeit an den schneebedeckten Abhängen des Berges vorbeigleiten. Als er noch einmal genauer hinsehen will, sind sie aber schon verschwunden. Arnold spürt sein Herz pochen. Was mag das gewesen sein? Nach seiner Landung berichtet er aufgeregt Freunden und Reportern von seinem Erlebnis. Inzwischen hat er auch einen Namen für die geheimnisvollen Objekte gefunden: fliegende Untertassen. Denn ganz genau so sollen sie ausgesehen haben. Zeitungen verbreiten die Nachricht schnell im ganzen Land und machen sie zur Sensation. Kenneth Arnold wird über Nacht berühmt. In Hollywood greifen Filmproduzenten das Thema auf und drehen einen Film nach dem anderen, in dem Außerirdische mit metallisch glänzenden, fliegenden Untertassen auf der Erde landen.

Wissen spezial

Was haben UFOs mit Außerirdischen zu tun?

Der Begriff bedeutet „unidentifiziertes Flugobjekt" und bezeichnet keineswegs ein außerirdisches Raumschiff, sondern jede Erscheinung am Himmel, über die nichts bekannt ist. Jedes Flugzeug, das in einen fremden Luftraum eindringt und sich bei der Luftüberwachung nicht meldet, ist also ein UFO.

Fragwürdige Beobachtungen

Arnolds Beobachtung löst ein wahres Ufofieber aus. In den USA häufen sich plötzlich Meldungen über **UFOs**, die immer wieder so beschrieben werden, wie sie in den Hollywoodfilmen zu sehen sind. Doch nicht alle Menschen haben sich anstecken lassen. Luftfahrtexperten sind sich schnell sicher, dass Arnold keine außerirdischen Raumschiffe gesehen hat. Ganz in der Nähe des Mount Rainier testet die Luftwaffe nämlich die ersten Düsenflugzeuge, die anders aussehen und wesentlich schneller fliegen als Propellermaschinen. Auch Luftspiegelungen kommen als **Stimuli** infrage. Darüber hinaus stellen die Experten fest, dass sich Arnolds Schilderungen in zahlreichen Punkten widersprechen. Einmal behauptet er, die Untertassen seien unmittelbar vor seinen Augen an ihm vorbeigeflogen, ein anderes Mal, sie seien 25 Kilometer entfernt gewesen. Ernsthafte Forscher halten Arnold aus diesem Grund für einen unglaubwürdigen Zeugen.

Wissen spezial

Was sind Stimuli?

Als Stimuli werden Erscheinungen bezeichnet, die für außerirdische Raumschiffe gehalten werden. Dazu zählen Wetterballons, Miniatur-Heißluftballons, Lasershows von Diskotheken, Planeten, Meteore, Wolken oder unbemannte militärische Kleinflugzeuge.

Außerirdische oder Aliens sind aus Science-Fiction-Filmen nicht wegzudenken.

Das UFO von Roswell

Willam Brazel arbeitet als Farmer in New Mexico (USA). Als er am 14. Juni 1947 auf dem riesigen Gelände unterwegs ist, sieht er plötzlich etwas Metallisches in der Sonne glitzern. Er hält sofort an und entdeckt verschiedene Trümmerteile, vor allem mit Aluminium beschichtete Folien,

Das Militär setzt Spionageballons ein.

Metallsplitter und Holzstäbe. Brazel hält den Fund nicht für besonders wichtig und meldet ihn erst einige Wochen später dem Sheriff der nahe gelegenen Stadt Roswell. „Ein Haufen Abfall", berichtet er und führt den Sheriff an den Fundort. Beide glauben, die Reste eines Wetterballons vor sich zu haben, und informieren die nächstgelegene Wetterstation. Dort wird jedoch kein Ballon vermisst. Dennoch erscheint bald darauf ein Trupp Soldaten und sammelt die Trümmer ein. Als sich Reporter für den Vorfall interessieren, erklärt ein Pressesprecher der Armee, es könne sein, dass die gefundenen Trümmer von einem abgestürzten UFO stammen. Diese fragwürdige Auskunft gefällt den Journalisten, und sie verbreiten die Sensation im ganzen Land, denn sie passt hervorragend zu der

Thema | **Außerirdischen-Tourismus in Roswell**

Im Jahr 1980 veröffentlichten die Amerikaner Charles Berlitz und William L. Moore das Buch „Der Roswell-Zwischenfall", in dem sie über den Absturz eines außerirdischen Raumschiffs in Roswell spekulieren. Seit dieser Zeit reisen UFO-Touristen nach Roswell, um gegen Eintritt die Absturzstelle zu besichtigen. Inzwischen kann man mehrere Absturzstellen bewundern und Museen besuchen, in denen Fotos von angeblichen Außerirdischen zu sehen sind. Andenkenläden verkaufen UFO-Spielzeug und freuen sich, wie ganz Roswell, über gute Geschäfte.

Wetterballons sammeln in großen Höhen Daten für Meteorologen.

Beobachtung von Kenneth Arnold. Viele sogenannte Ufologen sind bis heute davon überzeugt, dass bei **Roswell** ein außerirdisches Raumschiff abgestürzt ist und die Trümmer heimlich vom Militär in Sicherheit gebracht wurden. Einige behaupten sogar, das Militär habe auch die Leichen der außerirdischen Piloten gefunden. In zahlreichen Büchern werden immer wieder neue Zeugen genannt, die diese Behauptungen bestätigen. Längst geht die Anzahl der Zeugen in die Hunderte.

Dabei wissen Fachleute längst, was William Brazel tatsächlich gefunden hat und warum sich das Militär nicht weiter zu dem Vorfall geäußert hat. Die Trümmerteile gehören nämlich zu einem absolut geheimen **Spionageballon**. Daher gefällt dem Militär das Gerücht von dem abgestürzten UFO sehr gut, denn es lenkt von dem Ballon ab, von dem niemand etwas erfahren darf. Doch was ist mit den Hunderten von Zeugen? Auch dieser Frage sind einige Fachleu-

Wissen *spezial*

Wozu benutzt man Spionageballons?

Spionageballons sind mit Gas gefüllte Ballons, die in großer Höhe fliegen können und so geheime Informationen in anderen Staaten auskundschaften können. Mit ihrer Hilfe wollten die USA nach dem Zweiten Weltkrieg herausfinden, ob die Sowjetunion Atombomben testet.

Optische Täuschung: Schon manche Erscheinung wurde fälschlicherweise für ein UFO gehalten.

te nachgegangen und haben schnell herausgefunden, dass viele von ihnen erfunden sind – wahrscheinlich, damit sich die Bücher über den Roswell-Vorfall noch besser verkaufen lassen. Denn Bücher über UFOs sind ein gutes Geschäft.

UFOs über Deutschland?

Auch über Deutschland werden regelmäßig zwischen 70 und 100 UFOs pro Jahr gesichtet. Für besonders viel Aufregung sorgen die geheimnisvollen Flugobjekte, die im Sommer 1990 über Rostock, Rügen und Greifswald am Nachthimmel auftauchen. Zahlreiche Zeugen erzählen von leuchtenden Kugeln, die minutenlang über ihren Köpfen schwebten. Sogar Videoaufnahmen und Fotos können einige Menschen machen. Mehrfach berichten Zeitungen über die UFOs, während begeisterte Ufologen anreisen, um vielleicht sogar Außerirdische begrüßen zu können. Doch für die leuchtenden Kugeln interessieren sich auch

Forscher, die nicht jede Himmelserscheinung für ein Raumschiff halten. Denn in vielen Ländern werden im Laufe der Zeit Organisationen gegründet, die herausfinden wollen, was am Himmel wirklich zu sehen ist. In Deutschland ist es zum Beispiel das CENAP (Centrales Erforschungsnetz außergewöhnlicher Himmelsphänomene). Die 1976 gegründete Gruppe hat bislang mehr als 2000 UFO-Sichtungen in Deutschland untersucht und kann in fast jedem Fall sehr schnell eine einfache und beweisbare Erklärung finden. Bei den UFOs über der Ostsee dauert es jedoch vier Jahre, ehe sich herausstellt, dass die leuchtenden Kugeln **Signalbomben** waren.

Wissen spezial

Was signalisieren Signalbomben?

Signalbomben sind an kleinen Fallschirmen in der Luft schwebende Ziele für militärische Raketen. Benutzt wurden diese riesigen Leuchtkugeln nach dem Zweiten Weltkrieg etwa vom polnischen und russischen Militär während ihrer Manöver in der Ostsee.

Kein ernsthafter Wissenschaftler hält heute außerirdische Flugobjekte in Erdnähe für möglich. Von der Existenz intelligenter Außerirdischer sind jedoch selbst seriöse Forscher überzeugt. Mit dem SETI-Projekt versucht zum Beispiel die amerikanische Luft- und Raumfahrtbehörde NASA, Funksignale von außerirdischen Zivilisationen aufzuspüren.

Mit großen Parabolantennen suchen Wissenschaftler nach außerirdischen Signalen.

Fliegende Teller und Tassen

Wie weit reicht die Macht der Gedanken?

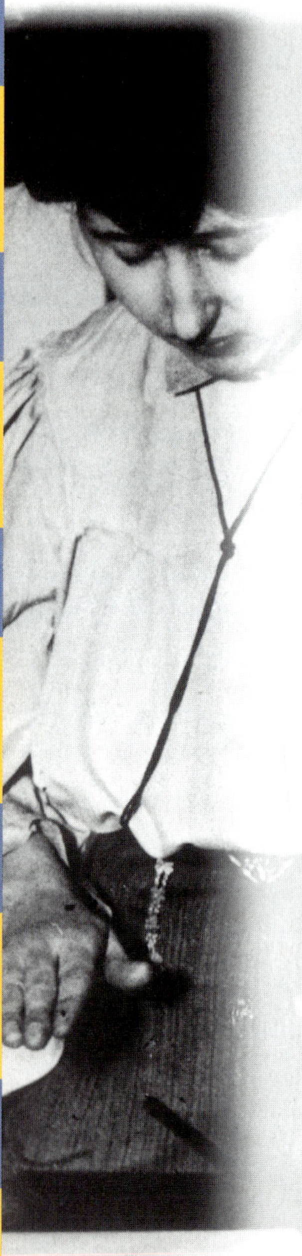

1968 in Freiburg

„Schon wieder eine Lampe, die zu flackern beginnt! Dort bewegt sich eine Schublade! Hoffentlich gelingen meine Filmaufnahmen. Dann könnte ich endlich beweisen, dass es Telekinese gibt. Die unerklärlichen Erscheinungen treten immer nur dann auf, wenn die Sekretärin im Büro ist. Wahrscheinlich ist sie auch die Ursache für diese Erscheinungen. Dass das vorher noch keinem aufgefallen ist? Als sie einen Tag freihatte, ist nichts passiert. Ja, sie muss dafür verantwortlich sein. Sie muss über geistige Kräfte verfügen, um Gegenstände bewegen zu können, ohne sie zu berühren. Wieder flackert das Licht. Jetzt können wir endlich die Öffentlichkeit davon überzeugen, dass es übersinnliche Kräfte gibt! Die Filme und meine genaue Dokumentation werden es beweisen."

Der Parapsychologe Hans Bender untersucht den sogenannten „Rosenheim-Spuk".

Hans Bender wird am 5. Februar 1907 in Freiburg geboren. Schon als Kind glaubt er fest an Geister. Mit 17 Jahren reist er als Austauschschüler nach Großbritannien und wird dort zu einer Geisterbeschwörung eingeladen. Seine Mitschüler nehmen in einem dunklen Raum an einem runden Tisch Platz, fassen sich bei den Händen und versuchen, durch Konzentration Kontakt zu Verstorbenen aufzunehmen. Bender ist so beeindruckt, dass er von nun an jeden Zeitungsausschnitt über Geisterbeschwörung und andere unerklärliche Phänomene sammelt.

Nach dem Abitur 1925 möchte Bender Psychologie studieren, doch sein Vater besteht auf einem Jurastudium. Zwei Jahre hält Hans Bender durch, dann wechselt er zu Psychologie und Medizin. Sie scheinen ihm am besten geeignet, übernatürliche Phänomene zu ergründen. Nach dem Zweiten Weltkrieg wird er an der Universität in Freiburg Professor für **Parapsychologie** und kann nun endlich richtig forschen.

Wissen *spezial*

Was erforscht die Parapsychologie?

Die Parapsychologie befasst sich mit außersinnlichen Wahrnehmungen, Gedankenübertragung, Hellsehen oder auch Telekinese. Mithilfe von Experimenten versucht sie, solche Phänomene zu erfassen. Sie ist ein nicht allgemein anerkanntes Teilgebiet der Psychologie.

Die Parapsychologie untersucht unter anderem auch das Hellsehen.

An der Universität in Freiburg erforschte Bender unerklärliche Phänomene.

Bender ist der Überzeugung, dass nicht Geister für unerklärliche Vorkommnisse verantwortlich sind, sondern Menschen, die unter einer starken seelischen Anspannung leiden oder besondere psychische Probleme haben. Diese Menschen nennt er Fokuspersonen. Wie aber kann man solche Menschen ausfindig machen? Bender bemüht sich darum, dass ihn Behörden immer dann informieren, wenn Menschen Geister gesehen haben wollen, geheimnisvolle Stimmen hören oder Gegenstände sich scheinbar grundlos bewegen.

Fliegende Schüsseln und Teller

Als 1965 in einem Haushaltswarenladen in Bremen plötzlich Schüsseln und Teller aus den Regalen fliegen, wird Bender gerufen. Der Boden ist mit Scherben übersät, als er den Laden betritt. Ganz von allein, beschwören der Inhaber und

Fliegende Tassen und Teller? In einem Laden in Bremen soll dies passiert sein.

Bühnenmagier lassen Menschen in der Luft schweben.

der 14-jährige Lehrling, habe sich das Porzellan bewegt. Schnell ist Bender davon überzeugt, dass der Lehrling eine Fokusperson ist und über **telekinetische Kräfte** verfügt. Er nimmt ihn mit in sein Labor nach Freiburg und führt verschiedene Tests durch. Auch dort gelingt es dem Lehrling, Gegenstände zu bewegen, ohne sie zu berühren. Bender ist begeistert. Endlich, so scheint es, hat er den lange gesuchten Beweis für übernatürliche Kräfte gefunden. Für einige Zeit ist die Sensation perfekt. Doch auch die Kriminalpolizei ist an dem Fall interessiert, denn der entstandene Schaden in dem Laden ist beachtlich. Sie verhört den Lehrling, bis dieser schließlich gesteht, die Teller und Tassen mithilfe einfacher Tricks aus den Regalen befördert zu haben.

Der Rosenheim-Spuk

Der Fall in Bremen bleibt nicht der einzige dieser Art. Zwei Jahre später wird Bender wieder zu Hilfe gerufen, als in der Kanzlei eines Rosenheimer Anwalts plötzlich Bilder von den Wänden fliegen, Lampen flackern und das Telefon eigenmächtig

Wissen spezial

Mit Telekinese Tische rücken

Telekinese ist die Fähigkeit, mithilfe von Gedanken Gegenstände zu bewegen. Ein bekanntes Beispiel ist das Tischrücken. Telekinese widerspricht den Naturgesetzen, denn es ist keine Energieform bekannt, die Telekinese ermöglichen könnte.

Nur mit einem Trick kann ein Mensch vom Boden abheben.

klingelt. Die Polizei steht vor einem Rätsel. Nicht aber Hans Bender, der erneut fest davon überzeugt ist, dass eine Fokusperson, nämlich die 19-jährige Sekretärin, mit ihren telekinetischen Kräften am Werk ist. Er baut Kameras und Messgeräte auf – und tatsächlich! Diesmal kann er einige der unerklärlichen Erscheinungen filmen und aufzeichnen. Doch dann sehen sich einige Journalisten die Kanzlei etwas genauer an und entdecken sonderbare Nylonfäden, die an einer der Lampen und

Thema **Houdini entlarvt übersinnliche Betrüger**

Der Amerikaner Harry Houdini (1874 – 1926) war einer der berühmtesten Zauberkünstler aller Zeiten.

Als die Wissenschaftszeitschrift Scientific American 2500 Dollar für den Beweis übernatürlicher Kräfte bietet, beruft sie Houdini als Gutachter. Mühelos entlarvt er jeden Gedankenleser und Geisterbeschwörer als Betrüger, denn er kennt jeden Trick. Dazu bemerkt er: „Ich habe entdeckt, dass es umso leichter ist, einen Menschen zu täuschen, je größer sein Verstand und je mehr er studiert hat."

einem Wandteller befestigt sind. Ist etwa auch bei diesem Fall mit raffinierten Tricks gearbeitet worden, um die Öffentlichkeit und die Wissenschaftler zu täuschen? Der große Zauberer **Houdini** hätte sicher keine Mühen gehabt, diese Frage zu beantworten. Hans Bender aber gelingt es bis zu seinem Tod 1991 nicht, stichhaltige Beweise für telekinetische Kräfte zu liefern. Wissenschaftler sind sich heute einig, dass Telekinese nicht möglich ist. Sie widerspricht den uns bekannten Naturgesetzen. Denn auf welche Weise und mit welcher Energie sollten die Befehle übertragen werden?

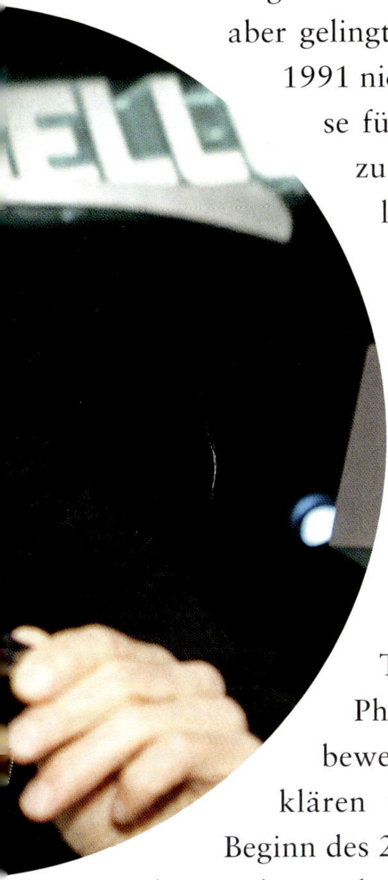

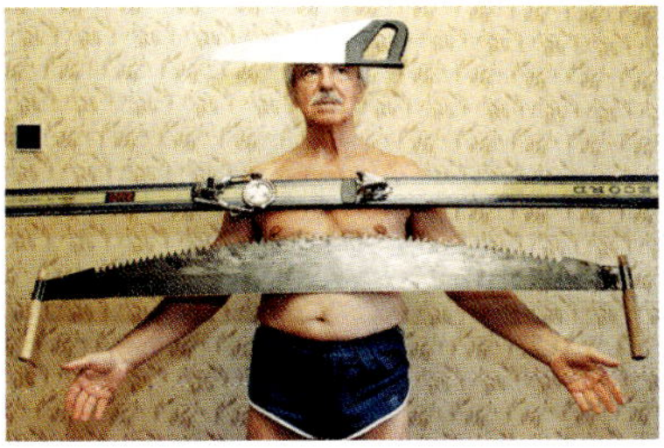

Der menschliche Magnet ist ein alter Zirkuskniff.

Gedanken lesen – gibt es das?

Telekinese ist nicht das einzige Phänomen, das Parapsychologen beweisen und erklären wollen. Zu Beginn des 20. Jahrhunderts geht es den Forschern vor allem um die Telepathie, also die Übertragung von Gedanken. Als einer der ersten Wissenschaftler befasst sich der Amerikaner Joseph Banks Rhine (1895–1980) mit dem Phänomen. 1935 gründet er an der Duke Universität in North Carolina (USA) das erste parapsychologische Forschungsinstitut der Welt. Zusammen

Immer wieder versuchen Menschen, Gedanken anderer zu lesen.

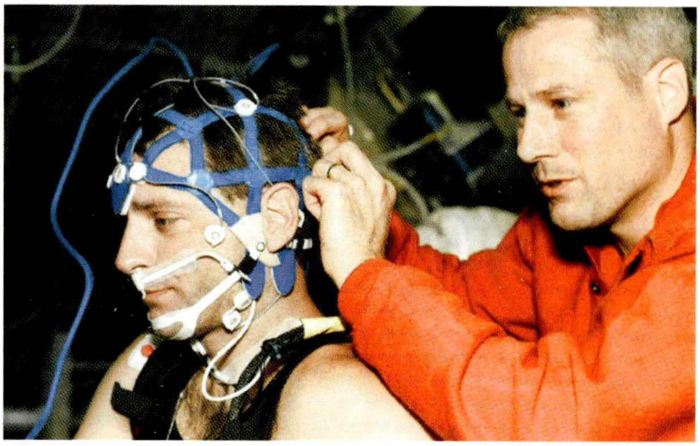

Das menschliche Gehirn wird untersucht.

mit seinem Mitarbeiter Karl Edward Zener (1903–1964) entwickelt er die Zener-Karten. Mit ihnen führt er zahlreiche Experimente durch. Er legt einem Teilnehmer die Karten vor, die fünf verschiedene Symbole zeigen. Ein anderer Teilnehmer soll im benachbarten Raum die Symbole erahnen. Eine große Zahl von Übereinstimmungen würde beweisen, dass bestimmte Menschen ihre Gedanken an andere Menschen übertragen können. Rhine testet zahlreiche Studenten, in der Hoffnung, ein besonders begabtes **Medium** ausfindig zu machen. Tatsächlich gelingt es ihm, Testpersonen zu finden, die etwas häufiger als andere die Karten erraten. Doch kann er keinen Menschen finden, der zuverlässig und regelmäßig alle Symbole benennen kann.

Wissen spezial

Medium trifft Geister

Ein Mensch, der angeblich eine besondere Begabung für außersinnliche Wahrnehmungen und alles Übernatürliche besitzt, wird Medium genannt. Ein Medium soll die Gedanken anderer Menschen lesen oder Kontakt zu Geistern aufnehmen können.

In einigen anderen Forschungsinstituten werden die Experimente mit den Zener-Karten wiederholt. Während des Kalten Kriegs forschen damit sogar amerikanische und russische Militärexperten, denn Geheimagenten, die die Gedanken der Gegner lesen könnten, wären nicht schlecht. Sogar der Astronaut Edgar Mitchell (*1930), der im Januar 1971 an Bord von Apollo 14 geht, hat einen Satz Zener-Karten dabei. Auf dem Mond versucht er mithilfe seiner Gedanken die zufällig ausgewählten Symbole an eine Kontaktperson auf der Erde zu übermitteln. Doch können auch diese Experimente keinen eindeutigen Beweis erbringen.

Mithilfe der Zener-Karten soll Telepathie bewiesen werden.

Zauber der elektromagnetischen Wellen

Physiker, Gehirnspezialisten und Wissenschaftler anderer Fachrichtungen halten es heute für unwahrscheinlich, dass es Telepathie gibt. Dennoch sind sie unseren Gedanken mit neuesten Methoden auf der Spur. Unser Gehirn produziert ständig **elektromagnetische Wellen**, die auch außerhalb des Gehirns empfangen und messtechnisch ausgewertet werden können. Es gibt heute Computerprogramme, die diesen elektromagnetischen Feldern sogar einfache Informationen entnehmen können. Bei diesen Experimenten denken Testpersonen fest an bestimmte große Druckbuchstaben und stellen sie sich zugleich bildlich vor. Die Computer können mit fast hundertprozentiger Sicherheit die richtigen Buchstaben auf dem Bildschirm zeigen. Sollte auch ein benachbartes menschliches Gehirn solche Wellen empfangen können? Forscher arbeiten heute an Technologien, die es eines Tages gelähmten und sprachunfähigen Patienten ermöglichen sollen, allein durch ihre Gedanken-Hirnwellen Sprachcomputer zu steuern.

Wissen spezial

Was sind elektromagnetische Wellen?
Elektromagnetische Wellen bestehen aus elektrischen und magnetischen Feldern. Zu ihnen gehören zum Beispiel das Licht oder die Radiowellen. Die Energie der Radiowellen reicht aus, um über große Entfernungen Signale mit Lichtgeschwindigkeit zu übertragen.

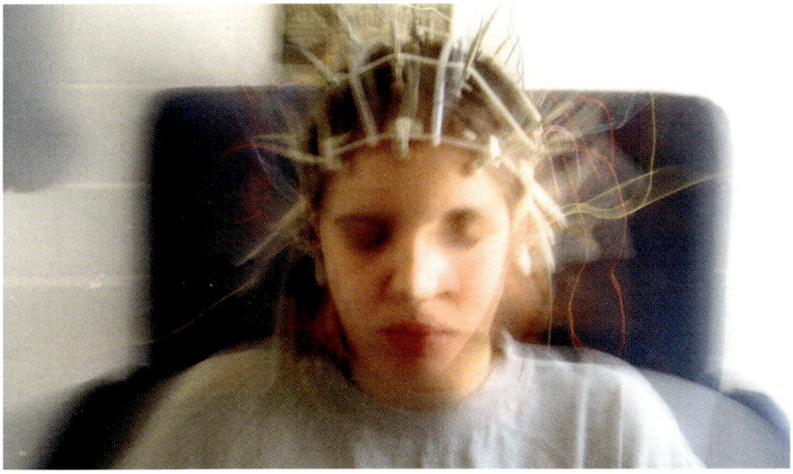

In Zukunft sollen Menschen mit ihren Gedanken Maschinen bedienen können.

Roboter in der **Cheopspyramide**

Wer lüftet das Geheimnis uralter Bauten?

1993 in Ägypten

„So, es kann losgehen, der Roboter ist einsatzbereit."

„Gut, dann wollen wir mal sehen, welches Geheimnis dieser Schacht birgt. Das Bild auf dem Monitor ist klar."

„Der Roboter kommt gut voran. Der Weg scheint frei zu sein."

„Wozu dieser Schacht wohl gedient haben mag?"

„40 Meter sind zurückgelegt. Und ein Ende ist nicht abzusehen."

„Wie weit kann der Roboter noch vordringen?"

„Wenn sich der Schacht nicht verengt, bis zum Nil."

„Also weiter. Halt, was ist das? Ist dort der Gang zu Ende?"

„Das ist eine Steinplatte. Vielleicht eine Art Tür. Dahinter muss sich ein weiterer Gang oder eine Kammer befinden."

Der Archäologe Rainer Stadelmann und der Ingenieur Rudolf Gantenbrink steuern einen Roboter durch unbekannte Schächte der Cheopspyramide.

Rainer Stadelmann (*1933) ist ein erfahrener Archäologe. Schon als Student nimmt er in den 1950er-Jahren an Ausgrabungen in Abusir in Ägypten teil. Später gräbt er auf der Nilinsel Elephantine und in der alten ägyptischen Hauptstadt Theben. Wie jeder Ägyptologe interessiert er sich natürlich auch für die weltberühmten **Pyramiden von Giseh**. Im Jahr 1968 gelangt er in ihre unmittelbare Nähe, denn er wird zum wissenschaftlichen Direktor des Deutschen Archäologischen Instituts in Kairo ernannt. Später steigt er zum Leiter dieser Forschungseinrichtung auf, die ägyptische Archäologen bei ihrer Arbeit unterstützt.

Wissen spezial

Die berühmten Pyramiden von Giseh

In Giseh bei Kairo befinden sich die Pyramiden der Pharaonen Cheops, Chephren und Mykerinos. Sie wurden um 2500 v. Chr. errichtet und sind die größten Pyramiden in Ägypten.

Geheimnisvolle Schächte

Als Stadelmann eines Tages die Cheopspyramide besucht, untersucht er auch zwei geheimnisvolle Schächte, die der schottische Ingenieur Waynman Dixon (1844–1930) im

Die Pyramiden von Giseh bergen noch immer Geheimnisse.

Jahr 1872 entdeckt hat. Sie führen von der Königinnenkammer tief im Inneren der Pyramide schräg nach oben, haben aber keine Öffnung nach außen. Nicht einmal ein Schlangenmensch könnte sich durch die engen Röhren mit einem Durchmesser von nur 20 mal 20 Zentimetern hindurchzwängen. Wozu dienten

Forscher dringen in die Schächte der Cheopspyramide vor.

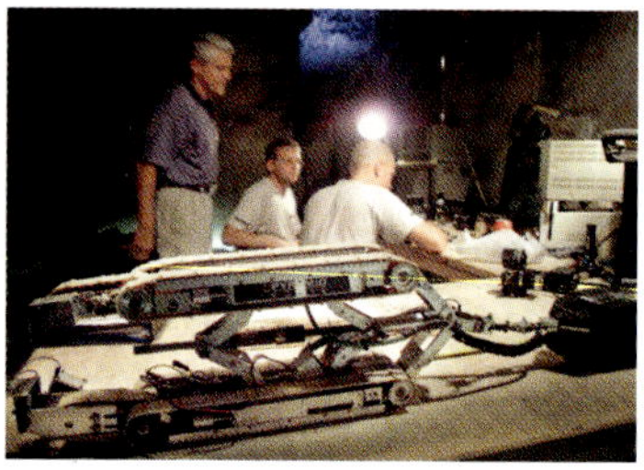

diese Schächte? Sollten sie die Seelen der Verstorbenen in den Himmel leiten? Oder waren sie lediglich dazu da, um die Arbeiter im Inneren der Pyramide mit Frischluft zu versorgen? Oder führen sie etwa zu einem Goldschatz? Dixon hofft auf Letzteres und versucht mit einer langen Eisenstange in die Schächte vorzudringen. Doch die Eisenstange bricht im nördlichen Schacht ab und bleibt dort stecken.

Diese Sonnenbarke transportierte Cheops zu seiner Grabstelle.

Befinden sich in den Pyramiden noch unentdeckte Grabkammern?

Mit Hightech in die Vergangenheit

Diese Methode war also keine Lösung. Aber vielleicht ein Roboter, der mit Scheinwerfern und einer Kamera ausgerüstet ist? Bis zum Jahr 1993 muss Stadelmann warten, ehe diese Technik zur Verfügung steht. Der Roboter mit Namen **Upuaut** fährt auf Raupen und erkundet zunächst den nördlichen Schacht bis zur feststeckenden Eisenstange. Im südlichen Schacht kann der Roboter rund 65 Meter weit hinauffahren, ehe er eine Steinplatte erreicht, vor der die Expedition zunächst einmal endet. Die Forscher freuen sich zwar, dass alles so gut funktioniert hat. Große Entdeckungen haben sie allerdings nicht gemacht. Was sich hinter der Steinplatte verbirgt, bleibt vorerst ein Geheimnis.

Einige Jahre später ist wieder ein Roboter unterwegs zur Steinplatte am Ende des südlichen Schachts. Dieses Mal wollen die Forscher das Geheimnis lüften. Der Roboter ist mit einem Bohrer ausgestattet, der ein Loch in die Platte fräst. Anschließend schiebt er eine Minikamera hindurch. Erwartungsvoll und gespannt schauen

Wissen *spezial*

Warum Upuaut?

Der Roboter wurde nach dem ägyptischen Gott des Krieges und der Toten benannt. Upuaut bedeutet „Öffner der Wege", denn der Gott sollte den Toten den Weg ins Jenseits weisen. Er wird meist als Schakal dargestellt.

Trotz intensiver Suche wurden keine Grabschätze gefunden.

die Forscher auf den Monitor. Doch die Kamera zeigt nur einen weiteren Hohlraum. Viele Fernsehzuschauer, die die Aktion des Roboters live verfolgen können, sind enttäuscht. Sie hatten auf sagenhafte Schätze, auf geheimes Wissen der Ägypter oder sogar mögliche Spuren von Außerirdischen gehofft.

Waren außerirdische Baumeister am Werk?

Die Cheopspyramide ist vor rund 4590 Jahren in der Nähe der heutigen Stadt Kairo in Ägypten errichtet worden. Beinahe 4000 Jahre lang war sie mit ihren 138,75 Metern das höchste Bauwerk der Welt. Sie wurde als Grabstätte für den 2528 v. Chr. verstorbenen König Cheops erbaut. Da die Ägypter an ein Leben nach dem Tod glaubten, gaben sie den Verstorbenen kostbare Gefäße, Schmuck und manchmal sogar Nahrungsmittel mit ins Grab. Durch kompliziert angelegte Gänge, Schächte und Fallen sollten Grabräuber ferngehalten werden. Bis heute sind aber weder eine Mumie eines Pharaos noch wertvolle Grabbeigaben in einer Pyramide entdeckt worden.

4000 Jahre lang das höchste Bauwerk der Erde: die Cheopspyramide

Die Cheopspyramide besteht aus rund zweieinhalb Millionen Steinblöcken, von denen jeder etwa einen Kubikmeter groß und 2,50 Tonnen schwer ist. Die Größe und die exakte Form der Pyramiden haben unzählige Menschen in Erstaunen versetzt und lassen viele daran zweifeln, dass sie von Menschen gebaut wurden. Einer von ihnen ist der Schweizer Erich von Däniken (*1935). 1968 veröffentlicht er das Buch „Erinnerungen an die Zukunft", in dem er behauptet, dass Außerirdische vor vielen Tausend Jahren die Erde besucht und beim Bau der Pyramiden mitgewirkt haben. Wie viele andere traut er den **Baumeistern der Bronzezeit** nicht zu, so große und genau berechnete Bauten errichtet zu haben.

Erich von Däniken hält Außerirdische für die Erbauer der Pyramiden.

Thema Baumeister der Bronzezeit

Die Baumeister der Bronzezeit, die vor rund 5000 Jahren in Ägypten die Pyramiden konstruierten, waren gute Mathematiker. Sie waren in der Lage, die Winkel genau zu bestimmen. Während man früher dachte, zum Bau der Pyramiden wären Hunderttausende Sklaven eingesetzt worden, weiß man heute, dass nur 10.000 bis 20.000 Steinmetze am Werk waren. Auf kleinen, steilen Rampen wurden die Steine mit Seilaufzügen direkt an der Pyramide nach oben gezogen. Die Bauzeit einer Pyramide betrug 20 Jahre.

Wissen spezial

Cholula – größte Pyramide der Welt

Die Pyramide von Cholula ist zwar nur 66 Meter hoch – hat aber eine Grundfläche von 450 mal 450 Metern. Somit besitzt sie ein Volumen von rund 4,45 Millionen Kubikmetern. Die Cheopspyramide bringt es auf 2,58 Millionen Kubikmeter.

Ägyptologen haben daran jedoch keinen Zweifel. Sie kennen die Steinbrüche und wissen über die technischen Möglichkeiten der damaligen Zeit recht genau Bescheid. Die Erforschung des Inneren der Pyramiden ist hingegen noch lange nicht abgeschlossen. Auch in Zukunft wird man noch unbekannte Räume finden, dessen sind sich die Archäologen sicher. Sie hoffen auf interessante Informationen über die Geschichte der Pharaonen, rechnen aber nicht mit Wandmalereien, die Hinweise auf Außerirdische geben.

Die Suche nach der „Weißen Pyramide"

Die Pyramiden in Ägypten sind nicht die einzigen Pyramiden auf der Erde. Auch in Afrika, Amerika und China sind solche Bauwerke errichtet worden. Die vom Volumen her größte Pyramide steht in **Cholula** in Mexiko.

Auf der Pyramide von Cholula wurde eine Kirche errichtet.

Besonderes Aufsehen erregt im März 1947 die Aussage des Amerikaners Maurice Sheehan, der im Zweiten Weltkrieg als Pilot der US-Streitkräfte im Einsatz ist. Nach einem Flug über China berichtet er von einer sagenhaften Entdeckung: „Direkt unter uns lag eine gigantische weiße Pyramide. Es sah aus wie im Märchen. Die Pyramide war von schimmerndem Weiß umhüllt." Sheehan behauptet, die Pyramide sei weitaus größer als die Cheopspyramide gewesen. Auch ein Foto liefert der Pilot, auf dem tatsächlich eine Pyramide zu sehen ist. Seither versuchen

Zahlreiche alte Grabmäler in China haben die Form einer Pyramide.

Forscher, diese geheimnisvolle „Weiße Pyramide“ zu finden. Das Vorhaben ist nicht einfach, denn lange Zeit verwehrt die chinesische Regierung jeglichen Zugang zu der Region, in welcher die Pyramide vermutet wird. Darüber hinaus ist die Flugroute des Piloten nicht genau bekannt.

Wieder meldet sich Erich von Däniken zu Wort und vermutet wie bei den ägyptischen Pyramiden Außerirdische als Baumeister. Dann findet ein amerikanischer Student heraus, dass der Pilot mit großer Wahrscheinlichkeit das **Mausoleum** der Kaiserin Wu (625–705) in der Nähe der Stadt Xi’an gesehen hat. Es hat die Form einer Pyramide und ist in Wirklichkeit ein großer, mit Erde und Steinen aufgeschütteter Hügel. Es gibt noch andere pyramidenförmige Grabstätten bei Xi’an, die inzwischen auch besucht werden können. Archäologen gelingt es, deren Geheimnisse nach und nach zu lüften. Und auch in China rechnet kein Wissenschaftler ernsthaft damit, bei seiner Forschungsarbeit auf die Spuren von Außerirdischen zu stoßen.

Wissen *spezial*

Was ist ein Mausoleum?
Ein Mausoleum ist ein monumentaler Grabbau. Der Name stammt von dem persischen König Mausolos II., der von 377 bis 353 v. Chr. herrschte. Er ließ sich in Halikarnassos ein 50 Meter hohes Grabmal errichten, das zu den sieben Weltwundern zählt.

Wie wirklich ist die Wirklichkeit?

Über verblüffende Weltmodelle

2000 in Oxford

„So, das Experiment kann beginnen: Die Wand mit den zwei winzigen Löchern und dem dahinterliegenden Schirm ist aufgestellt. Jetzt werde ich einzelne Photonen auf eines der beiden Löcher schießen. Die Lichtteilchen müssten das Loch passieren und ohne großen Effekt auf dem Schirm auftreffen. Doch genau das passiert nicht. Stattdessen bildet sich ein Muster, wie es nur entsteht, wenn man beide Löcher mit Photonen beschießt. Meine Kollegen halten dies für eine Art Störung. Ich habe eine ganz andere Erklärung: Das Muster entsteht, weil auch durch das zweite Loch Photonen geschossen werden. Und zwar aus einem anderen, sehr ähnlichen Universum. Es muss in einem Paralleluniversum zur selben Zeit abgeschossen worden sein."

Der Quantenphysiker David Deutsch will die Existenz von Paralleluniversen beweisen.

David Deutsch wird 1953 in Haifa in Israel geboren, wächst aber in England auf. Seine Eltern stammen ursprünglich aus Österreich. Schon als Kind weiß er genau, was er später einmal werden will: Physiker. Mit 13 Jahren verblüfft er seine Lehrer mit einer selbst gebastelten elektronischen Rechenmaschine. Später studiert er Physik und Mathematik in Oxford und Cambridge, den berühmtesten Universitäten Englands. Er interessiert sich vor allem für **Quantenphysik** und stellt bald Überlegungen und Berechnungen an, die viele seiner Kollegen zunächst als verrückt bezeichnen. Sie brauchen einige Jahre, um zu erkennen, dass sie keineswegs verrückt sind, sondern genial.

Wissen spezial

Womit befasst sich die Quantenphysik?

Die Quantenphysik befasst sich mit den Bausteinen der Materie. Eines dieser Elementarteilchen ist das Photon. Es wird als Licht wahrgenommen, hat jedoch auch Eigenschaften einer Welle.

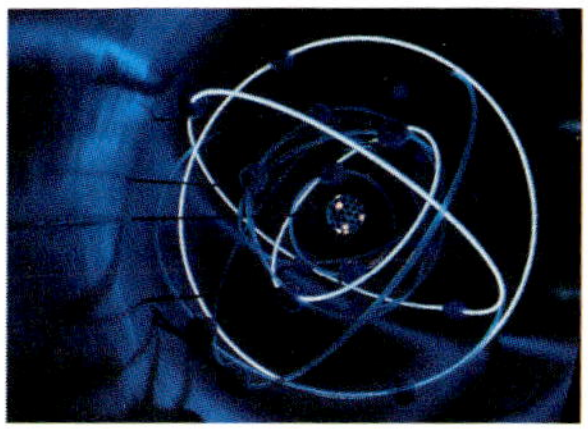

Existieren wir unendlich oft?

Mit 32 Jahren entwickelt David Deutsch die Idee für einen völlig neuartigen Computer, einen sogenannten Quantencomputer, der wesentlich schneller arbeitet als alle bisherigen Computer. Für diese Leistung wird Deutsch 1998 mit dem Paul-Dirac-Preis für Theoretische Physik belohnt, einer der bedeutendsten wissenschaftlichen Auszeichnungen. Außerdem wird er Professor für Physik in Oxford. Doch während sich nun seine Kollegen mit dem Bau des Quantencomputers befassen, beschäftigen David Deutsch längst ganz andere Fragen. Deutsch sucht nach Beweisen für die Viele-Welten-Theorie, die der amerikanische Physiker Hugh Everett (1930–1982) entwickelt hat. Diese Theorie besagt, dass es nicht nur das uns bekannte Universum gibt, sondern eine Viel-

Universität von Oxford

In der Welt von Harry Potter gelten die Naturgesetze nicht.

zahl gleichzeitig existierender Universen. In jedem dieser Universen verläuft die Geschichte ein wenig anders. „Alles, was physikalisch möglich ist, geschieht in mindestens einem dieser Universen", erklärt David Deutsch. So gibt es eines, in dem er gar nicht geboren wurde; eines, in dem er bereits nicht mehr lebt, und eines, in dem er gar kein Physiker ist, sondern vielleicht Fußballer oder Fernsehkoch. Bei aller Verschiedenheit haben alle diese Welten jedoch eines gemein: „Die Naturgesetze gelten in allen Universen. Ein **Harry-Potter-Universum** gibt es nicht." Für den berühmten englischen Physiker ist diese Theorie „die beste Erklärung der Welt, die wir haben."

Mit dieser Sicht der Welt steht Deutsch nicht allein da. Auch Leonard Susskind, Physikprofessor an der amerikanischen Stanford-Universität, ist von der Theorie überzeugt, ebenso der angesehene britische Astrophysiker Sir Martin Rees. Andere Physiker haben

Wissen spezial

Harry Potters parallele Welt

Ein Universum, in dem die Naturgesetze nicht gelten und Zauberei möglich ist, kann es laut David Deutsch nicht geben. Schriftsteller wie Joanne K. Rowling in ihren Harry-Potter-Romanen nutzen die Idee von Paralleluniversen jedoch längst für ihre Fantasy-Geschichten.

Gibt es mehr als nur ein Universum?

daran jedoch Zweifel. Daher versucht David Deutsch, Experimente zu entwickeln, mit denen man die Viele-Welten-Theorie beweisen kann. Sein Traum ist es, eine Möglichkeit zu finden, um eines der anderen Universen beobachten zu können. Ob und wann sich die Viele-Welten-Theorie tatsächlich beweisen lässt, ist fraglich. Einige Physiker halten es jedoch für möglich. Dabei ist Deutsch nicht der Erste, der unser herkömmliches Weltmodell in Frage stellt.

Leben in einer Kugel?

In einer besonders dunklen Nacht des Jahres 1870 erscheint dem amerikanischen Arzt Dr. Cyrus Reed Teed (1839–1908) ein Engel und erklärt ihm, dass die Menschen nicht auf der Außenfläche der Erdkugel leben, sondern auf der Innenfläche einer riesigen Hohlkugel. Teed ist

Ein Engel soll Cyrus Teed das neue Weltbild eingegeben haben.

Mittelalterliches Weltbild: Die Erde unter einer Käseglocke aus Sonne, Mond und Sternen.

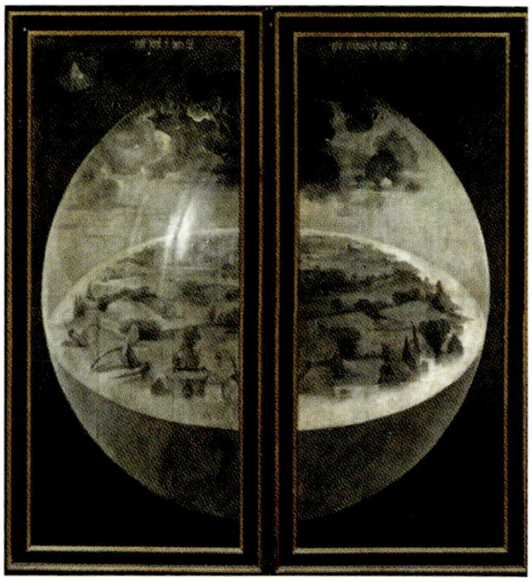

Leben wir in einer Kugel?

so überzeugt von dieser Idee, dass er die Glaubensgemeinschaft „Koreshan Unity" gründet, die versucht, die Theorie der hohlen Welt zu beweisen. Für diese Aufgabe kann Teed den Verleger und Erfinder Ulysses Grant Morrow (1864–1950) gewinnen, der 1896 in Florida in den USA ein ungewöhnliches Experiment durchführt. Er lässt am Strand ein Holzgestell in Form eines riesigen Lineals errichten. Als Teed und Morrow über die obere, absolut gerade Schiene schauen, blicken sie nicht über das Meer hinweg, wie es bei einer kugelförmigen Erde der Fall sein müsste, sondern in die Wellen hinein. Für sie ist so der Beweis gefunden, dass die Welt hohl ist und einen Durchmesser von 12.740 Kilometern hat. Nahe des Zentrums in 4500 Kilometern Höhe befindet sich die Sonne, der Mond bewegt sich in 3000 Kilometern Höhe. Diese Himmelskörper sind so klein, wie sie uns erscheinen. Einen Weltraum, so wie wir ihn kennen, gibt es nicht. Dass wir diese hohle Welt nicht erkennen können, liegt nach Meinung von Teed an einer optischen Täuschung.

Wissen spezial

Kugel durch optische Täuschung?

Teed behauptet, dass sich das Licht nicht auf einer geraden Linie ausbreitet, sondern kreisförmig. So will er erklären, warum wir die Hohlkugel für eine Kugel halten und die um uns herum aufsteigende Welt nicht sehen.

Ist die Erdkrümmung nur eine Illusion?

Cyrus Teed schreibt mehrere Bücher über dieses erstaunliche Weltbild. Auch in Deutschland erscheinen in den 1930er-Jahren Bücher, die versuchen, die Vorstellung einer hohlen Weltkugel zu vermitteln. Viele Anhänger findet die Idee jedoch nicht. Zum einen ist das von Ulysses Morrow und Teed durchgeführte Experiment fehlerhaft. Zum anderen widerspricht dieses Weltbild den Erkenntnissen der modernen Naturwissenschaft. Wir wissen, wie die Erde aufgebaut ist und kennen die Gesetze der Gravitation, die nur ein Weltall zulassen, wie es von Albert Einstein und anderen Physikern beschrieben wird. Darüber hinaus können die Anhänger der Hohlwelttheorie wichtige Fragen nicht beantworten, zum Beispiel, wo die **Sonnenenergie** bleibt. Auch die Frage, was sich denn außerhalb der Hohlkugel befindet, also weit draußen unter unseren Füßen, bleibt unbeantwortet. Die Hohlwelttheorie hat daher also nur noch einige wenige Anhänger, die den Erkenntnissen der modernen Wissenschaft nicht folgen wollen.

Wissen spezial

Wo bleibt die Sonnenenergie?

Eine Hohlkugel würde die von der Sonne abgegebene Energie speichern. Der Innenraum würde sich sehr schnell aufheizen, da die Hitze nicht in den Weltraum entweichen kann. Schon nach kurzer Zeit würde sich ein steigender Druck aufbauen und die Erdoberfläche Feuer fangen.

Die Hohlwelttheorie widerspricht den Erkenntnissen der modernen Astronomie.

Eine Welt aus Eis

Wie Dr. Teed hat auch der österreichische Ingenieur Hanns Hörbiger (1860–1931) über Nacht eine Eingebung. Beim Betrachten des Mondes kommt er 1894 auf die Idee, dass alle Himmelskörper, also auch der Mond und die meisten Planeten, aus Eis entstanden sind und fast ausschließlich aus Eis bestehen. Selbst die Milchstraße hält er nicht für Millionen von Sonnen, sondern für eine Ansammlung von Eisbrocken. Der Hagel entsteht nicht in den Wolken, sondern kommt als Eis aus dem All zu uns. Größere Eisbrocken sollen sogar für die Sintflut oder den Untergang von Atlantis verantwortlich sein. Zusammen mit dem Lehrer Philipp

Stammt das Eis auf der Erde aus dem Weltall?

Thema | **Die Nationalsozialisten und die Welteislehre**

Heinrich Himmler (1900–1945), Leiter der SS und einer der führenden Nationalsozialisten, war Anhänger der Welteislehre. Er gründete die Forschungseinrichtung „Deutsches Ahnenerbe", in deren Abteilung „Wetterkunde" auch die Welteislehre erforscht wurde. Die Methoden waren jedoch nicht wissenschaftlich, sondern folgten der nationalsozialistischen Ideologie. Bewiesen werden sollte etwa, dass Eismeteore aus dem Weltraum das Leben der Germanen geprägt haben.

Nach der Welteislehre besteht das Universum vorwiegend aus Eis.

Fauth (1867–1941) veröffentlicht Hörbiger 1913 das Buch „Glazial-Kosmogonie“, über das Astronomen und Physiker nur schmunzelnd den Kopf schütteln können. Nicht jedoch führende **Nationalsozialisten**, die von der Welteislehre, wie Hörbigers Theorie nun genannt wird, begeistert sind. Nach dem Zweiten Weltkrieg wird die Welteislehre durch die modernen Methoden der Astronomie und die Mondlandung endgültig widerlegt. Die Proben, die Astronauten vom Mond mitbringen, zeigen, dass der Mond aus Gestein und Eisen besteht. Zwar gibt es tatsächlich Weltraumeis: Kometen zum Beispiel bestehen aus Eis und auch die Monde einiger Planeten sind von einer Eisschicht umgeben. Mit der Welteislehre hat das aber nichts zu tun.

Keine Spur von Eis: Astronauten beweisen, dass der Mond aus Gestein besteht.

Wo ist die Sintflut durchgerauscht?

Vom wahren Kern uralter Legenden

2007 am Schwarzen Meer

„Sind die Echolote eingeschaltet?"

„Ja, die ersten Signale kommen. Bald haben wir eine Kurve auf dem Monitor."

„Gleich werden wir wissen, ob die Berechnungen stimmen. Wenn sich die Flut hier ihren Weg gebahnt hat, müssen wir hier auf den Canyon stoßen."

„Der Canyon kann nicht zu übersehen sein. Auch nach 8000 Jahren muss er sich auf dem Boden abzeichnen."

„Da! Die Linie geht nach unten."

„Vielleicht nur eine Senke. Wir brauchen Geduld."

„Das ist keine Senke! Das ist ein breiter, tiefer Graben!"

„Sie haben recht. Wenn wir uns nicht grundlegend geirrt haben, ist hier unter unseren Füßen die Sintflut durchgerauscht."

Die Geologen Bill Ryan und Walter Pittman auf der Suche nach dem historischen Ort der Sintflut

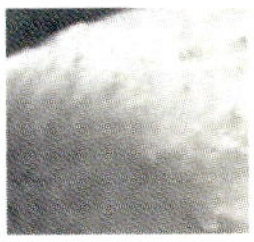

Die Geologen Walter Pittman und Bill Ryan sind Experten für Meere und Meeresböden an der Universität von Columbia in den USA. Sie erforschen den Grund der Ozeane und wissen genau, was passiert, wenn der Meeresspiegel steigt oder Küsten von einer Flut überspült werden. Ihr besonderes Interesse gilt der fernen Vergangenheit: Wie haben die Küsten vor 1000, 10.000 oder 100.000 Jahren ausgesehen? Welche Ablagerungen haben sich im Laufe von Jahrtausenden auf den Meeresböden angesammelt? Mit diesen und ähnlichen Fragen befassen sich die beiden Forscher, als sie um 1990 zufällig auf die Frage nach der Sintflut stoßen, von der die Bibel berichtet. Denn schon lange rätseln Historiker, ob die dort beschriebene Katastrophe nur ein Mythos ist, also eine mehr oder weniger erfundene Geschichte, oder ob dahinter ein Ereignis steckt, das tatsächlich einmal stattgefunden hat.

Ablagerungen und Gesteine geben Auskunft über die Vergangenheit.

Auf dem Meeresboden finden sich Spuren der Sintflut.

Wissen spezial

Was ist eine Warmzeit?
Eine Warmzeit ist innerhalb der Erdgeschichte der Zeitraum zwischen zwei Eiszeiten. In einer Warmzeit sind die mittleren und niederen Breiten eisfrei, die Polargebiete mit weniger Eis bedeckt. Der Meeresspiegel ist hoch, da nur wenig Wasser als Eis gebunden ist. Auch wir leben in einer Warmzeit.

Klimawandel oder Strafe der Götter?

Diese Frage, meinen die beiden Experten, müsste sich doch klären lassen. Sie lesen alle Berichte über die Sintflut und suchen in Europa, Nordafrika und Kleinasien nach möglichen Orten, an denen sie stattgefunden haben könnte. Dabei stoßen sie auf das Schwarze Meer, das heute über den Bosporus – eine bis zu 30 Kilometer breite und 120 Meter tiefe Meerenge – mit dem Mittelmeer verbunden ist. Vor 12.000 Jahren gibt es diese Verbindung noch nicht. Eine Eiszeit sorgt dafür, dass der Meeresspiegel allgemein über 100 Meter tiefer liegt als heute. Das Schwarze Meer ist ein Binnensee, an dessen fruchtbaren Ufern viele Menschen siedeln. Nordeuropa dagegen ist von dicken Gletschern bedeckt.

Dann ändert sich jedoch das Klima und die bis heute andauernde **Warmzeit** beginnt. Die Folge: Die Gletscher schmelzen, der Meeresspiegel des Mittelmeers steigt und erreicht vor etwa 8000 Jahren den Bosporus. Mit unvorstellbarem Druck bahnt sich das Wasser jetzt einen Weg durch die Landbrücke und stürzt schließlich in das Becken des Schwarzen Meeres. Kilometerweit ist das Donnern des tosenden Wasserfalls zu hören. Wie ein Geschoss rast das Wasser des Mittelmeers über die 100 Meter tiefer liegende Küste hinweg und gräbt einen gewaltigen Canyon in den Boden. Alle Dörfer am Ufer werden ausgelöscht. Wer nicht fliehen kann, wird von den Wassermassen fortgerissen, die innerhalb weniger Wochen den Süßwassersee in das Schwarze Meer verwandeln.

Die Arche Noah mit Menschen und Tieren an Bord

So oder so ähnlich könnte es gewesen sein. Die wenigen Überlebenden, die sich auf Baumstämme oder vorbeitreibende Holzdächer retten konnten, berichten später von der gigantischen Flut. Für sie gibt es nur eine Erklärung für die Katastrophe: Sie ist eine Strafe der Götter. Die Geschichte von der **Sintflut** verbreitet sich in allen Ländern rund um das Schwarze Meer. Sie wird von Generation zu Generation weitererzählt, bis sie schließlich aufgeschrieben wird. So gelangt sie auch in die Bibel.

Der Bosporus verbindet das Marmarameer mit dem Schwarzen Meer.

Moderne Forschungsmethoden liefern Beweise

Doch wie kann man beweisen, dass das Schwarze Meer der Ort sein könnte, an dem die Sintflut stattgefunden hat? Zunächst untersuchen Walter Pittman und Bill Ryan

Thema **Die Sintflut – nur eine Bibelgeschichte?**

An diesem Tag brachen alle Quellen der gewaltigen Urflut auf, und die Schleusen des Himmels öffneten sich", heißt es in der Bibel (1. Buch Moses, 7–8). Das Wort Sintflut bedeutet „große, allgemeine Überschwemmung".

Von einer solchen, alles verschlingenden Flut wird in vielen alten Texten und Überlieferungen aus dem Nahen Osten berichtet, etwa auch im über 4000 Jahre alten Gilgameschepos. Sintflutberichte gibt es jedoch auch aus Amerika, China, Indien und Afrika. Weltweit sind es rund 250. Wissenschaftler haben daher auch anderenorts Sintflutspuren gesucht und recht überzeugende Indizien für ein tatsächliches historisches Ereignis gefunden.

Forschungsschiffe können den Meeresboden genau vermessen.

Bohrkerne vom Boden des Schwarzen Meeres. Dabei stoßen sie auf verschiedene Muscheln, die belegen, dass das Schwarze Meer vor rund 8000 Jahren tatsächlich ein Süßwassersee war, der sich innerhalb sehr kurzer Zeit mit Salzwasser gefüllt hat. Noch sensationeller wäre es natürlich für die Forscher, den gewaltigen Canyon zu finden, den das Wasser des Mittelmeers hinterlassen hat. Wo aber sollen sie suchen?

Hilfe erhalten sie von dem Schweizer Computerexperten Mark Siddall, der an der Universität in Bern arbeitet. Er entwickelt ein Computermodell vom Bosporus, wie er vor rund 8000 Jahren ausgesehen haben könnte, und spielt am Computer die Flut nach. Sofort fahren Walter Pittman und Bill Ryan mit einem Forschungsschiff zu der berechneten Stelle. Und genau dort entdecken sie mit Echolotgeräten, die den Meeresboden vermessen können, den gewaltigen Graben. Die beiden Forscher sind begeistert, denn nun haben sie einen weiteren Beweis für ihre Theorie gefunden. Weitere Bohrungen und Tauchfahrten mit U-Booten sollen in den nächsten Jahren noch mehr Beweise liefern.

Wissen spezial

Bohrkerne zeigen das Innere der Erde

Geologen führen Bohrungen mit hohlen Bohrkronen durch, in denen der durchdrungene Boden stecken bleibt. Nachdem das Gestänge hochgeholt worden ist, können sie die Erdschichten freilegen und untersuchen.

Wie wahr sind Sagen und Legenden?

Die Sintflut ist nicht die einzige Legende, Sage oder überlieferte Geschichte, für die sich Forscher interessieren. Denn längst sind sich Literaturwissenschaftler, Archäologen und Historiker sicher, dass viele der oft jahrtausendealten Mythen der Menschheit auf tatsächliche geschichtliche Ereignisse zurückgehen. Vor allem Ereignisse, die das Leben der Menschen entscheidend verändern, also Kriege, die Taten mutiger Helden oder Katastrophen, werden nicht vergessen. Umherreisende Sänger und Geschichtenerzähler erfahren von den Ereignissen und verbreiten sie im ganzen Land. Dabei verändern sich die Geschichten, denn jeder erzählt sie ein bisschen anders. Oft werden auch verschiedene Geschichten zu einer neuen verknüpft.

Nach der Erfindung der Schrift vor rund 7000 Jahren beginnen Dichter, die mündlich überlieferten Geschichten zu sammeln und nach ihren Vorstellungen aufzuschreiben. Das **Gilgameschepos**, die „Ilias“ von Homer und viele Geschichten aus der Bibel sind auf diese Weise entstanden. Heute ist es jedoch nur

Wissen spezial

Was erzählt das Gilgameschepos?

Das Gilgameschepos ist eine der ältesten bekannten Erzählungen. Es wurde vor mehr als 4000 Jahren in Babylonien (Irak) in Keilschrift niedergeschrieben und berichtet von den Taten des Königs Gilgamesch.

Geschichtenerzähler verbreiteten die Nachricht von der Sintflut.

Wissen spezial

Was fand Schliemann in Troja?

Die etwa 750 v. Chr. entstandene „Ilias" berichtet von der zehnjährigen Belagerung der Stadt Troja im Krieg gegen Griechenland. Heinrich Schliemann machte 1869 den Ruinenhügel Hissarlik als Ort aus, an dem Troja zu finden ist. In vier Jahren grub er die Stadt aus. Dabei fand er einen Goldschatz, den er „Schatz des Priamos" nannte.

schwer möglich, die wahren Bestandteile einer solchen Geschichte von den im Laufe der Zeit erdichteten zu unterscheiden. Dennoch unternehmen viele Forscher den Versuch. So kann der deutsche Archäologe Heinrich Schliemann (1822–1890) Ende des 19. Jahrhunderts beweisen, dass die von Homer beschriebene Stadt **Troja** tatsächlich existierte: Die „Ilias" hat also einen wahren Kern.

König Artus und die sagenhafte Burg Camelot

Bei anderen Sagen und überlieferten Geschichten tappen Forscher noch im Dunkeln, wie etwa bei der Artussage. Bis heute konnte weder bewiesen werden, dass ein keltischer König namens Artus tatsächlich gelebt hat, noch konnte man seine sagenhafte Burg Came-

Heinrich Schliemann glaubte an den wahren Kern der Geschichte von Troja.

In vielen Filmen wird der sagenhafte König Artus lebendig.

lot in England oder Wales ausfindig machen. Wissenschaftler wie David Norman Dumville, der an der Universität von Aberdeen in Schottland die Geschichte der Kelten erforscht, glauben, dass ein König namens Artus nie gelebt hat. Dumville geht davon aus, dass Artus vor mehr als 1500 Jahren eine Märchenfigur war, die immer wieder neu erdichtet wurde. So wird aus dem keltischen Stammesfürsten im Mittelalter ein christlicher König. Figuren wie Merlin, der Zauberer, wurden von Dichtern hinzugefügt. Im Gegensatz zu Troja oder dem möglichen Schauplatz der Sintflut werde man Camelot daher nie finden. Dennoch geben andere Forscher nicht auf. Sie hoffen auf Hinweise in noch unbekannten Manuskripten. Ein Zufallsfund in einer Bibliothek könnte ein neues Licht auf die Artussage werfen.

Die Ritter der Tafelrunde in Camelot

Rätsel der Menschheit auf einen Blick

Geheimnisvolle Phänomene und scheinbar Übernatürliches beschäftigen die Menschen schon seit Jahrtausenden. Nicht alle Fragen konnten bislang beantwortet werden. Diese Zeitleiste stellt die 20 spannendsten Rätsel der Menschheit vor.

Erste Begegnung mit „Nessie"

565

Nostradamus verfasst seine „Prophezeiungen".

1554

Goldsucher graben nach Piratenschätzen.

1890

Das Rätsel des Kugelblitzes wird gelüftet.

1899

Spiritistische Sitzungen im London der Jahrhundertwende

1900

Das bis heute unentschlüsselte Voynich-Manuskript wird entdeckt.

1912

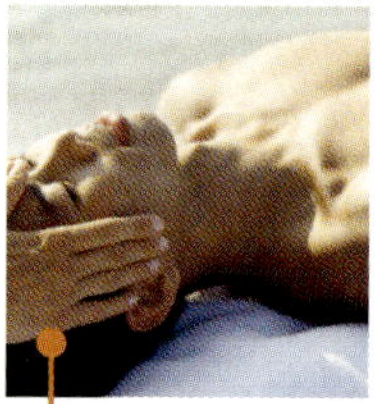

Was steckt hinter Wunderheilungen?

1922

Flug 19 verschwindet spurlos im Bermudadreieck.

1945

In den USA werden UFOs gesichtet.

1947

Astrologen lesen die Zukunft in den Sternen.

1625

Alchemisten stellen „weißes Gold" her.

1708

Goethe wird Mitglied im geheimen Orden der Illuminaten.

1783

Rätselhafte Begegnung mit einer Meerjungfrau

1840

Pendelversuche schlagen die Menschheit in Bann.

1841

Erste Überlegungen: Sind Zeitreisen möglich?

1888

Die Geschichte von Vlad Draculea erreicht Europa.

1890

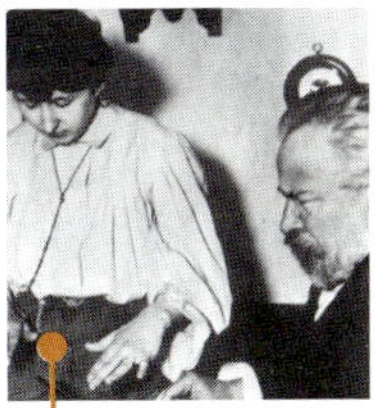

Parapsychologen untersuchen den „Rosenheim-Spuk".

1968

Roboter erforschen die Geheimnisse der Cheopspyramide.

1993

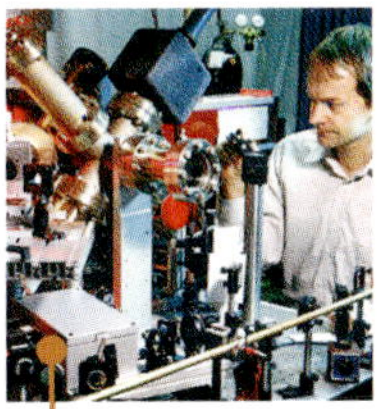

Versuch, die Existenz von parallelen Universen zu beweisen

2000

Gab es die Sintflut wirklich?

2007

Register

Im Register sind Personennamen und Sachbegriffe verzeichnet. Fett gedruckte Seitenzahlen bedeuten: Zu diesen Einträgen gibt es Lexikonboxen (Wissen spezial oder Thema).

Bildquellennachweis

aisa, Archivo iconográfico, Barcelona 38, 78, 99, 147, 150, 165
akg-images, Berlin 7, 36, 72, 113, 144, 148, 151, 156, 159, 169, 169
akg-images, Berlin/Erich Lessing 26
Artothek, J. Hinrichs, Weilheim 155
Astrofoto, Sörth 159
Dr. H. Bellmann, Lonsee 94
Bibliographisches Institut & F. A. Brockhaus, Mannheim 9, 12, 14, 41, 42, 65, 73, 76, 95, 149, 166
Bodleian Library, Oxford 111
A. Burkatovski, Rheinböllen 98
Carlsen Verlag, Hamburg 36
Cinetext, Bild & Textarchiv, Frankfurt am Main 65, 66
© CORBIS/Royalty-Free 28, 50, 55, 109, 113, 114, 153
CORBIS/Tom Bean 95
CORBIS/Charles und Josette Lenars 146
CORBIS/Picture Press 51, 105
CORBIS/Reuters 146
CORBIS/D. Scott 157
CORBIS/Sygma/Philippe Giraud 27
Jürgen Cullmann, Schwollen 59
© DeA Picture Library 91
Deutsche Bundesbank, Geldmuseum 84, 84
Deutsche Fotothek der Sächsischen Landesbibliothek, Dresden 37
Agentur Focus/SPL/(c) D. A. Hardy 70
GEOSPACE; Austria, 2000, Original Data: Eurimage 163
GEOSPACE/NASA/NOAA, 2006 156
Dr. Georg Gerster, Zumikon, Schweiz 27
Kessler-Medien, Saarbrücken 73
Kraftwerk Union, Frankfurt am Main 39
Norbert Kustos, Malsch 17
Landesmuseum für Vorgeschichte, Halle (Saale) 75
Max-Planck-Institut für Plasmaphysik, Garching 90
NASA, Washington D. C. 28, 30
Bildarchiv Okapia, Frankfurt am Main/Aqua Image Inc. 125
Bildarchiv Okapia, Frankfurt am Main/Ilona Backhaus 13
Bildarchiv Okapia, Frankfurt am Main/Dietmar Nill 11
Bildarchiv Okapia, Frankfurt am Main/Art Wolfe 12
picture-alliance/akg- images, Frankfurt am Main 4, 17, 19, 20, 21, 21, 24, 26, 26, 28, 29, 29, 30, 32, 33, 33, 34, 34, 38, 40, 41, 43, 44, 49, 50, 52, 53, 54, 58, 62, 62, 67, 75, 76, 78, 85, 93, 93, 97, 98, 105, 106, 107, 111, 118, 121, 122, 138, 155, 160, 162, 165, 167, 169, 169, 169, 169
picture-alliance/ASA, Frankfurt am Main 161
picture-alliance/Brexendorff, Michael, Frankfurt am Main 22
picture-alliance/Burkhard Juettner/vintage.de, Frankfurt am Main 105
picture-alliance/chromorange, Frankfurt am Main 101, 109, 138
picture-alliance/dpa, Frankfurt am Main 4, 5, 5, 6, 7, 7, 7, 8, 10, 11, 14, 15, 15, 22, 23, 25, 25, 31, 35, 36, 38, 46, 47, 47, 55, 58, 59, 63, 63, 65, 66, 68, 69, 70, 74, 74, 76, 77, 78, 81, 81, 82, 83, 84, 85, 86, 86, 87, 87, 88, 89, 90, 92, 92, 92, 96, 97, 100, 106, 114, 115, 116, 116, 117, 118, 121, 121, 124, 124, 125, 126, 129, 129, 130, 131, 131, 132, 132, 133, 134, 137, 137, 138, 139, 139, 140, 140, 141, 141, 142, 142, 145, 148, 149, 151, 152, 153, 154, 155, 158, 158, 161, 163, 164, 164, 164, 167, 168, 168, 168, 169
picture-alliance/Chad Ehlers, Frankfurt am Main 57, 69
picture-alliance/epd, Frankfurt am Main 45
picture-alliance/Godong, Frankfurt am Main 57, 117, 119
picture-alliance/HB-Verlag, Frankfurt am Main 138
picture-alliance/Roy Hessing, Frankfurt am Main 21
picture-alliance/Bildagentur Huber, Frankfurt am Main 6, 6, 39, 81, 99, 104, 118, 120, 121, 122, 124, 146, 148, 168, 168
picture-alliance/IMAGNO/Austrian Archives, Frankfurt am Main 106
picture-alliance/IMAGNO/Wilfried Vas, Frankfurt am Main 75
picture-alliance/KANN 18
picture-alliance/kpa photo archive, Frankfurt am Main 9, 9, 10, 31, 45, 46, 49, 50, 51, 60, 64, 71, 77, 80, 84, 89, 101, 103, 108, 123, 127, 132, 145, 147, 158, 166, 168, 169
picture-alliance/Helga Lade Fotoagentur, Frankfurt am Main 67
picture-alliance/ Karsten Lemm, Frankfurt am Main 135
picture-alliance/MaxPPP, Frankfurt am Main 4, 4, 5, 10, 16, 17, 18, 19, 25, 26, 33, 35, 41, 43, 44, 56, 59, 60, 61, 65, 65, 73, 83, 97, 111, 112, 130, 138, 140, 168, 168, 169
picture-alliance/Bildarchiv Okapia, Frankfurt am Main 37, 52, 57, 61, 79, 94, 95, 113, 114, 119, 143, 153, 161
picture-alliance/Photoshot, Frankfurt am Main 9, 108, 128, 129, 168
picture-alliance/NHPA/Photoshot, Frankfurt am Main 79
picture-alliance/Sander, Frankfurt am Main 126, 156
picture-alliance/United Archives, Frankfurt am Main 6, 48, 66, 83, 84, 90, 91, 102, 102, 103, 110, 110, 136, 169, 169
Stadt Ingolstadt 42
wildlife 5, 53, 54
The Yorck Project, Berlin 49

Umschlagabbildungen

picture-alliance/Bildagentur Huber, Frankfurt am Main: Schiffswrack klein – picture-alliance/dpa, Frankfurt am Main: Kunst-Blitze, E.T., Kornkreise, Loch Ness, Sherlock Holmes – picture-alliance/kpa photo archive, Frankfurt am Main: Grabkammer – picture-alliance/MaxPPP, Frankfurt am Main: Pendel – picture-alliance/United Archives, Frankfurt am Main: Osterinsel, Schiffswrack groß

LIVEDABEI

Geniale Denker und clevere Tüftler

20 bahnbrechende Erfindungen
der Menschheit

Schottland, im Jahr 1768: Endlich hat James Watt einen Geldgeber von seiner Idee überzeugt und kann seine Dampfmaschine bauen – diese Erfindung wird die Welt verändern. Sie ist nicht die Einzige …

Dieser Band stellt die genialsten Erfindungen der Menschheit vor: vom Feuer bis zur Raumfahrt.

Text von Bernd Flessner
Mit mehr als 300 Fotos
Gebunden, 176 Seiten

Ab 11 Jahren
ISBN 978-3-407-75329-8

„Superspannend die Geschichten
über die 20 Top-Erfinder!
Ein Muss für Nobelpreisträger in spe!“
Bild

Abenteuer Weltgeschichte

20 entscheidende Ereignisse
von der Steinzeit bis heute

An Bord der Santa Maria, im Jahr 1492: Die meuternde Mannschaft droht der großen Reise des Christoph Kolumbus ein Ende zu setzen. Sein Schiff ist auf dem Weg nach Amerika – auf dem Weg in eine neue Welt …

Dieser Band stellt große historische Ereignisse vor und erläutert ihre Auswirkungen auf das Leben der Menschen und für die Geschichte – von der Steinzeit bis heute.

Text von Ulli Kulke
Mit mehr als 300 Fotos
Gebunden, 176 Seiten

Ab 11 Jahren
ISBN 978-3-407-75328-1

„Ein gewaltiges Unterfangen, mit Bravour
vorgetragen.“
Süddeutsche Zeitung

Beltz & Gelberg und Der Jugend Brockhaus

Bibliografische Information der Deutschen Nationalbibliothek
Die Deutsche Nationalbibliothek verzeichnet diese Publikation in der Deutschen Nationalbibliografie; detaillierte bibliografische Daten sind im Internet über http://dnb.ddb.de abrufbar.

Redaktionelle Leitung: Caroline Lerch
Lektorat: Christine Schlitt
Fachberatung: Felix R. Paturi
Bildredaktion: Annegret Bölke-Heinrichs
Text: Bernd Flessner
Herstellerische Leitung: Myriam Frericks, Cornelia Huber
Layout und Satz: Petra Bachmann, Weinheim
Gesamtherstellung: Druck Partner Rübelmann, Hemsbach
Printed in Germany
ISBN 978-3-407-75345-8